DAMBA NA SENSE

DAMBA NA SENSE

Une Idylle au cœur du Covidgate

Par
N'zui Manto

Les Editions du MUNTU

ISBN 978-2-492170-11-9
www.dulivrepourvivre.org

Je dédie cet ouvrage à tous les détenus de la crise anglophone, aux milliers de victimes de cette guerre notamment les 1355 soldats tués depuis 2016. Je le dédie également aux opposants politiques de Paul Biya embastillés dans les geôles de sa féroce dictature.

SOMMAIRE

CHAPTA ONE

1

NO MAKE ERREUR

6 oclock Brazzaville kwata for Douala, mazembe dem don flop for outside them di choua tangente for kind kind couloir, mbéret dem dey plenty for secteur ! Une tension soudaine s'empara de Djalakouan suivi d'une série de coups de feu remplaçant le chant du coq. Wandaful ! Fax dey for outside say 3 boutiques ont été braquées hier soir au rond-point Dakar so na for sika mbéret dem di bring retour.

Alors que man be cass nang un autre coup de feu va faire bondir Djalakouan de son lit, lui qui la nuit dernière éprouvait toutes les difficultés du monde à trouver le sommeil impuissant face à la pluie qui s'infiltrait à travers les trous de sa toiture rouillée. So non ? Ma joueur go tremblé da so run am go témoigné serrure and na cadenas for door na for confirmé say if them fit supporter choc if mbéret dem di lancé assaut final. Joueur go make lecture de jeux for window afin de prendre la température de par ses propres yeux des événements se déroulant à l'extérieur et c'est en ce moment précis qu'il apercevra Sao Tao le dictateur et Ten Kolo prenant une violente tangente zigzaguant à travers les couloirs du quartier talonnés de près par des gendarmes armés déterminés à les capturer morts,vifs ou blessés.

Djalakouan go pamla, mola go théké say si ses 2 complices sont en plein 100 mètres avec les gendarmes c'est sûr que yi sep sep no dey en sécurité for yi long so better he begin sciencer for pambi wuside he go hide am en sicilien d'ailleurs même est-ce-que les aboiements du chien empêchent le rat de faire la sieste au fond de son trou ? En pleine panique Djala sera interrompu dans ses angoisses par la sonnerie de son téléphone.

Sonnerie

[If your repe no be some excellence, If you no dey for équipe nationale du shiba... You left your bolo like grombip you lef your bolo like jackass... No way jamais !]

- Yes yes ma joueur Tchamako na how nor complice ? Na which kind na coupe du monde mbéret dem di play chap chap for outside so ?

- I dey nor Djalakouan, Mola e don bad ! C'est mauvais si tu mets tes pieds dehors c'est le sol ou le sous-sol ! That lassa schéma for yesterday don ham sotey mbéret dem di mimba like we don don broke banque mondiale me i don calé for some pambi observant le ralenti du film à distance.

- Mais complice j'ai été réveillé par le sifflement des balles sous ma fenêtre et la façon dont j'ai vu Sao Tao le dictateur et Ten Kolo dans un marathon là asouer na higher level c'est sûr que them don confirmé code en vrai. Tout ça à cause de Kora qui nous avait djoss qu'il y avait les dos dans les boutiques au rond-point Dakar jusqu'à je suis go take en location la pince monseigneur à 12 kolo on arrive là-bas on broke am bien les portes mais c'est plutôt les sacs de tapioca et bidons d'huile rouge qui comot no be na badluck this mola ?

- So na for sika Garri, oya man don raté ngata and na coffin massa ? En tout cas, on se retrouve au parlement le soir.

Afta that, djalakouan go take temperature outside if polo dey free before man don take tangente and disappear for kwata go hide am for some secteur en attendant les retrouvailles de l'après-midi.

Il est 17h30 au parlement "CALCIO BAR" lieu où se lèvent les coudes et se planifient les schémas. Ten Kolo boitant comme un canard va se pointer le visage dissimulé sous un chapeau large bord. Mola go call comptoir say make them gui yi 33 export sans écriture et surtout bien glacée chose tout à fait normale car après le marathon matinal avec les mberets il est tout à fait logique que sa gorge ressente le besoin d'être légèrement mouillée. Tara don see death en direct et ne doit sa vie qu'à la maladresse de ce gendarme dont l'une des balles tirées n'avait fait que lécher son mollet lui donnant ainsi la chance de s'en tirer boitant certes mais en vie. Small time all joueur dem go reach am, ba Djalakouan oh ba Tchamako oh ba Sao le dictateur, ba Kora, Ten Kolo and na djanga perika callam Spirito.

Fut présente toute l'équipe impliquée dans le cambriolage d'hier et celle-ci en voulait à Spirito mécontente du maigre butin insultant qui leur avait valu tôt ce matin un corps à corps avec les hommes en tenue. Ils avaient mobilisé d'importantes ressources pour le succès de ce qu'ils croyaient être le schéma de l'année se basant sur les informations que leur avait fournies leur complice indiquant la présence d'un coffre-fort bourré de billets dans l'une des 3 boutiques éventrées la nuit dernière. Mais hélas ! leur rêve devint un cauchemar lorsque des sacs chargés de tapioca et d'autres de denrées alimentaires les accueillirent derrière les serrures et cadenas des portes métalliques qu'ils avaient affrontés pendant des heures.

Them don brass brass Spirito boumla yi side by side tell yi say if no be na God be don helep am c'est que avis décès dem dey plenty for imprimerie à cause de lui. Ten Kolo and na yi half foot like kotto bass be no want hear explications he says make spirito look am how he di dangwa donc make he pays yi foot wey mbéret don shoot am sinon he go gérer yi en direct. Na so them go hala et pour calmer la tension qui s'agrandissait de plus en plus, Spirito go comot another carreau he says l'un de ses amis, employé chez un commerçant chinois au marché central est sans salaire depuis 4 mois Jackie chan man di make them bolo jackass work alors que he don témoigné yi plenty times noa mburu for plafond ajoutant que son patron chinois effectue des gros dépôts à la banque chaque vendredi matin entre 10 et 11 heures. Un tuyau qui fit retomber la tension ramenant la quiétude parmi les amis. Pour Kora make them go now now so say depuis quand pikine die body di stay long time for morgue ? Say landlord dey for yi back from 2 months for sika arriéré de loyer donc mieux ils atterrissent là-bas maintenant même. Ten kolo be don repondre yi say if yi time for meng don reach am make he go ! Over rage no mo say depuis quand on se lève un matin pour aller organiser un schéma de cette nature sans radaliser le secteur afin de repérer les failles et identifier les sorties de secours si ça cuit ? Après avoir parlementé ils convinrent tous ensemble d'un commun accord pour une visite de courtoisie au ressortissant chinois mais avant, Spirito et Ten Kolo se rendirent sur les lieux en mode éclaireurs them go radaliser check all corner and na couloir dem,cibler china man yi fatré confirmer say yes le polo est trop free na dey them go turn back for Calcio Bar tok orther say c'est pain poulet damba no dey le match sera plié à la première mi-temps. All joueur dem go shake hand take one mimbo briss small en attendant vendredi matin.

MARCHÉ CENTRAL

C'est au milieu d'un embouteillage occasionné par une centaine de motos agglutinées les unes contre les autres que Djalakouan, Tchamako, Ten Kolo et Sao Tao le dictateur se faufileront jusque près de la mosquée située à une quarantaine de mètres de HUA FENG SHOP. A l'intérieur de la structure, les vibrations d'un téléphone interpelleront l'attention d'un employé qui s'y pressera discrètement dessus. Des clients effectuaient des va-et-vient tandis qu'à l'intérieur d'un comptoir vitrine, sifflait par intermittence une compteuse à billets.

Comme des rapaces à l'affût d'une proie, les 4 larrons en embuscade depuis l'extérieur attendaient le moment propice pour s'illustrer.

Hua Feng, le patron de l'établissement, surnommé Jackie Chan par ses voisins à qui il entretenait de dizaines de fables sur son personnage, racontant à qui voulait l'entendre qu'une seule de ses savates évanouissait quiconque osait le défier ou nuire à ses intérêts. Ce dernier exhibait d'ailleurs toujours avec fierté une médaille disait-il avoir décroché en 1996 aux championnats de Jiu-jitsu au Laos. Le natif de Guangzhou n'hésitait pas quotidiennement à vanter ses 3 ceintures noires 5 Dan et ses 6 rôles comme cascadeur dans le film La 36e chambre de Shaolin. Mais ce fan de Bruce Lee déchanta aussi vite que la flûte qu'il jouait lorsqu'en une fraction de secondes Djalakouan et les autres firent irruption dans la boutique. Ce sont les caissières qui reçurent leurs premières doses de vaccin dans le visage ! Un festival de baffes dont l'écho amplifié réveilla spontanément Hua Feng couché dans le grenier. Apeuré et tremblotant, tout le personnel se mit ventre contre sol, les cris des uns tétanisèrent les autres. Hua Feng l'apparence grassouillette descendit en cascade de son plafond et fut accueilli par une clé 14 savamment orchestrée par Tchamako qui lui chuchota avec rage dans le tympan :

« Père i say hein jacky chan na you mami you di sleep am ? Père no make me vex am i change and na you one time hein ? Money dey for wich place ? »

La nuque coincée dans l'angle formé par le coude de Tchamako, l'expert en arts martiaux du marché central éprouvait tous les obstacles du monde à respirer. Perdant patience Sao Tao le dictateur délogea de son pantalon ce couteau à la taille d'un sabre qu'il exhiba mimant des gestes d'égorgement. Hua Feng la langue pendouillante vit son reflet défiler sur la lame du couteau, une scène terrifiante qui marqua son expression faciale.

« Mais I say hein pourquoi tu regardes mon masque comme ça ? Tu ne sais pas qu'il y a corona dehors et que tout le monde est masqué ? Ou bien c'est la langue que mon ami parle que tu ne comprends pas ? Il t'a demandé en pidgin de lui montrer où se trouve le coffre-fort. La tête que tu fais là, c'est la même tête que nous faisons lorsque tu parles hin hon ! Montre-vite là où il y a le coffre dion ! See me mboutman massa ! On dit même que tu tapes les gens hein ? »

Le film qui se jouait était au-dessus des mises en scène dont Hua Feng prétendait avoir pris part au temple de shaolin pire encore, ni sa ceinture à multiples Dan, ni sa médaille des jeux du Laos ne lui parurent salvatrices lors de ces moments critiques. D'ailleurs, il nia catégoriquement à la question de Tchamako de savoir s'il se faisait surnommer Jackie Chan ; indiquant être un pacifiste et disciple de Gandhi. Djalakouan eut le sentiment que le chinois essayait de gagner en temps, se saisit aussitôt du couteau de Sao Tao très vite rejoint par Spirito armé d'une machette. Ils le conduisirent dans un coin discret du magasin, lui glissèrent la lame tranchante sous le pantalon qu'ils déchirèrent jusqu'au niveau de ses parties intimes. Hua Feng cria " Argent là-bas en haut dans liu plafond !"

Jackie Chan go pamla ! Tok quick quick show dem wuside mburu dey ! Spirito he says noon Jackie Chan on veut plus lagen c'est pied de toi nous veut couper ça pour manger comme soya !!

Toi connon soya ? China man go beg am say money dey !Money dey! Make them go take am now now so. Pendant ce temps Ten Kolo and na Kora dey outside witi radar dem side by side de telle façon que si faux feeling dey en même temps them go blow whistle. Hua Feng go bring them for up place wey he be cass nang na dey coffre-fort be dey et sans qu'on ne lui mette à nouveau la pression yi sep sep go nack code passe-passe na so that thing be don open am witi flop do inside. Kind kind billet de ten like escalier for palais de congrès,ma joueur dem go rata all that thing put am for bag even coin them no go lef am! La machine à billet fut également éventrée ! Un jeu d'enfants qui ne leur prit qu'une poignée de secondes. Entre temps them go contrôler other complice dem wey them don tanap mirador ,them say qu'ils prennent même un bain avant de sortir parce que le polo est casse-tête wahala no dey. Après le schéma them go take some mauvaise tangente pass mip-mip disappear for quartier Makéa.

La nouvelle du braquage de Hua Feng va se répandre au sein de la communauté asiatique y compris chez ses voisins commerçants du marché central, them go wanda say no be that man wey he be tok say man no fit try am ? No be yi be mimba say man wey he go cherché must supporté ? So how mazembe dem fit comot yi djanga clé 14 en plein 11h au vu et au su de tous alors que he get ceinture noire and na all kind na médaille dem from shaolin ? Na dey them don comprendre say na some lassa man ! Small time mbéret dem go reach for china man fatré man weh he go start hala like yi head no correct inside,brass mbéret dem comme si c'étaient eux qui l'avaient appliqué :

"La camaloum bandit ! Moi chinois tout mon famille pas aime camaloum ! Moi appelle vous depuis toi vien minan! bandits eux vole 50 millions ! Voyez mon main, attaché moi comme panda ! "

Hala hala side by side cosh mbéret sef say c'est sûr que them di bolo and na bandit dem wey them don tied yi.

Les 6 malfaiteurs se retrouvèrent une heure plus tard chez Spirito comme convenu afin de procéder au partage équitable du butin. Le poids du sac dans lequel furent chargés les billets indiquait un aperçu du chiffre du hold-up. Il y en avait plus que de quoi s'acheter plus qu'une clope et ils le surent. Souriants, ils se prirent chacun dans les bras et se congratulèrent. Djalakouan ouvrit le sac nonchalamment, toutes les voix se turent jusqu'à ce que ce minuscule bruit de l'ouverture de la fermeture se fit entendre laissant apparaître son contenu…Des liasses, des liasses et des liasses ! Le parfum des billets neufs s'échappait du sac. Une euphorie s'empara de la chambre dans laquelle ils furent, transportant chacun sur un petit nuage. Une apothéose inespérée ! 50.257.000 (cinquante million deux cent cinquante-sept mille fcfa)

Sans plus attendre them go chab am that do moitié-moi tchoko 5 bâ for Spirito yi combi weh he be don gui fax.

C'est lors du partage du butin entre bandits que l'on sait celui qui tient le plus long couteau a-t-on coutume de dire mais il n'en fut point le cas lors de cette rencontre. Il y en avait 7.500.000 fcfa pour tout un chacun une quote-part largement suffisante pour s'investir dans un projet. Traînant sa mauvaise réputation de quartier d'inadaptés, Brazzaville était quotidiennement la cible des forces de l'ordre. La délinquance, le grand banditisme, la pauvreté et le crime, des facteurs majeurs de sa dangerosité.

Djalakouan de son vrai nom Tchemi Stéphane âgé de 33 ans était encore il y a de cela 2 ans le président des étudiants de l'université de Douala où il menait plusieurs mouvements de contestations au sein de l'institution ce qui lui valut d'ailleurs menaces de mort et tentatives d'assassinat. Torturé de nombreuses fois dans un commissariat à l'époque par l'infâme officier de police Abessolo Yves Marie bras séculier de la dictature du recteur Etoa Pascal, Djalakouan arrêta ses études après le décès de sa mère et s'installa à Brazzaville où il embrassa progressivement le crime.

Désireux de changer d'air, la consistance de son magot fut largement suffisante pour le lui permettre. Il avait toujours rêvé d'immigrer dans un endroit discret et choisit à cette occasion le quartier Bonamoussadi comme future destination convainquant son plus proche ami Tchamako avec qui ils s'y installeront. Tchamako à l'état civil Ashu Maurice 31 ans habitait lui aussi Brazzaville. Les études, ils les avaient arrêtées en classe de 4e et l'homme étant le fruit de son environnement, celui-ci fit carrière naturellement dans les choses interdites à l'instar de son compère. Ngamen Achille alias Spirito le plus jeune de la bande, âgé de 18 ans était futur papa. La grossesse d'Elissa n'était point du goût de son père qui le traîna à de nombreuses occasions à divers commissariats et brigades de la ville. Selon papa Sa'a Calvin, l'irresponsable Spirito avait compromis l'avenir de sa fille et en était l'unique coupable de ses échecs scolaires. Des accusations graves qui envenimèrent une relation déjà compliquée entre futur beau fils et futur beau-père. Nji Mouluh alias Sao Tao et Mounchipou Jimmy dit Kora deux cousins qui ne partageaient pas que des liens de parentés, le premier âgé de 39 ans et chef de famille n'avait jamais laissé transparaître les signes de ses activités criminelles. Sa femme avec qui il vivait depuis 10 ans ne soupçonnait guère sa double vie. Elle s'occupait de leurs 2 petits enfants lorsqu'il s'absentait pour ses "voyages de travail". Une relation très forte le liait à son cousin tous deux férus des casinos où ils dépensèrent leurs revenus du crime. Le deuxième,un nomade sans domicile fixe qui vadrouillait en longueur de soirée dans des discothèques et autres endroits similaires.

Après la répartition de la récolte Kora leur suggéra :

« Mais i say hein Mola je connais une discothèque à Akwa où on peut go arroser la victoire d'aujourd'hui c'est un polo très free où il ya sokoto les saha la clientèle est constituée majoritairement des mbenguistes et tété le polo là se call L'OSAF. Mbeng pipo and na briss pipo dem don flop for that secteur make we go arroser non massa ?"

Une proposition fort intéressante à laquelle tous se joignirent.

QUARTIER AKWA DOUALA

Avenue King Akwa, le reflet des lampadaires bornant le bitume défilait sur le pare-brise d'une berline roulant au ralenti. Elle se fondit à travers la jungle urbaine jusqu'à la rue de la Motte où une masse de personnes traversant la route convergèrent vers la fameuse discothèque. La silhouette sombre du véhicule jaillit des pénombres de la nuit puis marqua un arrêt. Un jeu de phares de la Mercedes-Benz Mansory éblouit un groupe de vendeurs ambulants défilant ci et là. À l'intérieur du bolide, Djalakouan et ses copains soignèrent une dernière fois leurs apparences dans la glace fixée au plafond.

Na for some kind na last tapis all joueur dem be don reach am for night-club like small porteur dem from Indonésia, so time door go open am better 2 pompons daim marron go touch ground small time Djala comot and na some dangereuse veste sur mesure ! Guess na A, nènè na black cazak ! En même temps orther combi dem be show skin for upside. Chaleur and na fraîcheur na mami pi,some pipo be don begin guetter them en latéral ask am say mais na who kind na voyageur dem this non ? Only that better tapis na djanga budget annuel for Haïti. Sans plus perdre de temps ils confièrent les clés du véhicule à un agent de sécurité et filèrent tout droit à l'intérieur de L'OSAF.

Time them don enter, better mutumbu dey, kind kind bébé dem witi small kanda di dangwa sur le côté, fine gondele dem and na bobi tanap dey sokoto. Kora yi head go tchakala inside sotey he be don ask am say mais mola nous sommes toujours au

Cameroun ? Je ne peux pas rentrer d'ici sans ligoter au moins un gibier sachant qu'une métaphore dit clairement que le paresseux chasseur qui rentre de la chasse les mains vides accuse toujours l'inefficacité des crocs de son chien donc na m'y own heure for tchakala. Ma joueur dem go shidon for carré VIP secteur for big tété dem and na big katika dem puisqu'un chef n'est pas un chefaillon them go lever la main for comptoir call 4 bouteilles de champagne perrier-Jouët 3 damoiseau 3 Jack Daniel's and na ba vodka Ciroc pour un total de 673 kolo !! So non ? Them go begin pomp briss nayor nayor confirmant le proverbe disant clairement que c'est lorsque 5 F touche la paume de main d'un homme que son dagobert entre en érection that means say na time 5 F di touch man yi hand wey yi dagobert di choose for tanap. Alors que moussait le champagne dans une magnifique ambiance, Djalakouan du coin de l'œil vit à l'angle de la salle une silhouette féerique figée. Comme les chutes d'un fleuve ses longs cheveux lui retombèrent par-dessus les épaules, l'éclairage multicolore de la discothèque ne fut point un obstacle à ce dont ses yeux virent : La finesse de ses lèvres, la couleur de ses yeux, son nez finement ourlé et la poésie de son sourire ne laissèrent guère Djalakouan indifférent. Ce dernier prit d'emblée congé de ses compagnons et se rendit à la rencontre de cette créature.

S'approcha, se rapprocha d'elle et comme médusé, il ne parvint plus à marquer le moindre pas hypnotisé par cette femme à la beauté irrésistible et ensorcelante mais très vite se ressaisit, fit quelques marches de plus,et, leurs regards se croisèrent tels les lasers d'un sabre de film de science-fiction. Djalakouan échoua à nouveau à établir une conversation mais trouva la force de réessayer motivé par le demi-sourire qu'elle lui envoya. Il lui tendit sa main tremblotante qu'elle hésita à saisir puis une voix se fit entendre "Sois pas timide Anita, T'es au Bled profites-en au max" lui dit l'une des deux filles l'accompagnant ce soir-là. Elles l'invitèrent à leur table, une aubaine inespérée dont il ne pouvait espérer mieux. Il put aisément enfin établir un contact avec elle.

« J'ai pas cessé une seule fois de poser mon regard sur toi je te trouve magnifique, je suis d'habitude quelqu'un de réservé mais crois-moi personne ne résiste à ce que tu dégages. Oh j'oubliais ! Stéphane je me prénomme j'aurais peut-être dû commencer par-là ».

« Anita 28 ans, je vis à Boulogne-Billancourt dans le 92 ème arrondissement en France, étudiante à l'université Paris cité, il faut dire que c'est la première fois que j'effectue un voyage au Cameroun pays de mon père donc voilà je suis là pour des vacances. Ma cousine Christelle a bien voulu qu'on vienne prendre un verre ici ce soir et c'est plutôt cool voilà ».

Ma joueur don confirmé say na for boko champion's league don came find am so rapidement he go contrôler comptoir donner mot d'ordre say make them bring jong comme tout à l'heure. Johnny waka oh ba Clan Campbell and na Dom Pérignon. Anita go tell yi say mais how he go senta yi combi dem for other corner? Donc make he call them et qu'ils viennent se joindre à eux. Ils y arrivèrent les secondes suivantes, accueillis par Christelle, Manuella sa copine et Anita qui les invitèrent à leur table.

Leur présence semblait faucher Djalakouan dans son entreprise de séduction, il y avait une espèce de malaise l'empêchant de s'épanouir comme cela était le cas quelques minutes auparavant alors, il invita Anita à danser. Réticente, elle céda à la persévérance d'un homme qu'elle trouvait à la fois sympa et respectueux tels étaient les qualificatifs dont elle fit usage pour décrire son prétendant chez sa cousine. Moulée dans sa somptueuse robe courte et noire avec dentelle, la sculpture corporelle de Anita se dessinait à travers ses vêtements. Un joyau à la couleur ébène que Djalakouan du fond de son cœur convoitait et du tréfonds des yeux, dévorait. Elle se traîna jusqu'à la piste de danse où l'attendait impatiemment celui qui se considérait comme le plus chanceux du monde et ensuite, il prit sa main douce dans la sienne ramenant Anita vers lui. Son souffle balaya son visage tandis que ses doigts volatiles parcoururent son dos. Au milieu de ces lumières aveuglantes il n'avait d'yeux que pour elle réussissant à compter toutes les étoiles perdues au fond de son regard de félin. Malgré la force des décibels, Djalakouan réussit à écouter les battements de son cœur. Les mots se mirent à lui échapper des lèvres puis,il se confia la bouche dans son oreille :

- Je n'ai d'yeux que pour toi. Tu es la plus belle chose que j'ai jamais vue

- Je n'ai jamais fait l'objet d'autant de compliments j'en suis flattée merci. Tu ne m'as pas dit ce que tu fais dans la vie.

- Euhh je suis informaticien et…

- Pardonne-moi de t'interrompre mais avec toutes ces bouteilles alignées ce soir j'aimerais bien faire informatique moi ; c'est sûr ça paie au Cameroun.

- Juste une sortie entre potes, je suis un peu comme le vigile à l'entrée d'une banque. Pour les bouteilles tu peux mettre ça à leur compte.

- Ton beau costume c'est eux aussi ? [Rire]

- C'est juste un costume ; l'habit ne fait pas le moine souviens-toi... Alors qu'est-ce que tu étudies à la Fac ?

- Étudiante à la faculté de médecine de l'université de Paris cité 3e cycle filière médecine ; j'espère décrocher mon DES médecine générale l'année prochaine. Ce sont les vacances, papa a bien voulu que je découvre la terre de mes ancêtres.

- Alors, si j'ai mal au cœur comme en ce moment, pourras-tu m'ausculter ?

- [Rire] Ainsi tu parles à toutes les femmes que tu croises ?

- Si j'en avais déjà croisé, je serai certainement auprès d'elle à la maison.

Afta all that angoisage them go turn back shidon so, two minutes later Anita he says he dey cass say he want turn back for long Djalakouan he make proposition if he fit carry am rythmer for yi house mais mola be forget say mouna tété Anita get yi own chauffeur outside weh he wait them et puis même he go allô allô them say time for back don reach am quelques minutes suivantes elles quitteront la discothèque pour leur véhicule où le chauffeur les y attendait pendant un moment déjà. Djala go ask Anita yi phone number, gondele be mimba witi some kind na tok oh tu sais il n'est pas souvent prudent de laisser son téléphone au premier soir mais qu'à cela ne tienne donne-moi le tien je te ferai signe plus tard.

Or na rythmage oh or na cadence oh Djala don try quand même !
Elle prit son numéro lui promettant de l'appeler dans les jours à
venir. Alors que le véhicule disparaissait dans la circulation, Kora
lui, s'éloignait dans les mapanes accompagné de Manuella qu'il
avait réussi à convaincre sans contrainte na confirmation for tok
weh e say damba na sense.

CHAPTA TWO

2

ERREUR FOR MBOUTOUKOU NA DAME FOR N'DOS

II

Ici régnait un climat paisible, il faisait bon vivre dans cet endroit tranquille loin des vacarmes habituels de Brazzaville. Les pugilats de rue, les coups de feu nocturnes et les opérations policières matinales furent de lointains souvenirs de cette jungle humaine que Djalakouan et Tchamako avaient quittée une semaine plutôt. Ils s'installèrent dans un appartement à la rue Yoro Joss tout juste derrière le lycée de Bonamoussadi. Djalakouan pensait encore et encore à Anita. Son joli petit minois n'avait jamais quitté ses pensées. La reverrais-je ? M'a-t-elle baladé ? Telles furent les questions que l'ami de Tchamako se posait continuellement tenant en main un téléphone muet. Ses chances d'entendre à nouveau Anita furent aussi petites que le trou d'une aiguille, soudain l'appareil sonna et au bout du fil un certain Ngando le propriétaire de Calcio Bar qui leur demanda de passer dans les plus brefs délais. Ils s'y rendirent rapido-presto.

All les gars étaient sat au Bar chez Ngando tapant les divers de la BT de la fois passée, Kora jossait ses exploits comment il avait embarqué Manuella pour l'hôtel lieu de sacrifice où il avait tué les bêtises ; elle avait d'abord begin avec les mimba que oh c'est le first day, oh elle n'est pas une fausse nga comme les autres mais pour finir son dos avait touch le sol. Le gars tellait comment la nga avait les grosses lass comment il avait put ses doigts dedans la

31

nga a joua comme le tuyau percé de la Camwater en chopant ses tétons jusqu'aux tendons. Spirito jossait que lui, il est Thomas et veut voir les preuves avant de confirmer parce que Kora a souvent fini avec les scénarios. Bref les gars étaient dans les divers un genre un genre. Voilà Ngando qui came alors et leur tell qu'il y a un schéma très fort de 200 Bâ ! Merde les gars crient père et ask que c'est encore quel genre de chiffre ça ? Ngando leur rassure que c'est un way propre d'autant plus qu'ils seront couverts par le commissaire du 8e du quartier Dakar. Jusqu'à là les gars ne yaient pas ce qu'il veut exactement joss merde ! Il leur tell qu'entre temps le commissaire lui a ask de fala les gars pour un coup à Bonamoussadi dans une villa où ils doivent take une mallette sans pour autant préciser le contenu.

Les gars avaient fini par se mettre d'accord sauf Djalakouan il tellait qu'il y a faux feeling et en plus il venait à peine de déménager pour Bonamoussadi. L'idée de go choua dans son kwat ne le moait pas ça risquait de knock le polo. Les gars se sont mis à vex que voilà Djala qui veut déjà leur bring l'éssingage qu'il ne doit pas forget qu'on ne trahit jamais la mafia. Les clans beguinnaient déjà à se former un genre ; les mêmes gens qui lapaient ensemble tout à l'heure se guettaient en latéral pendant que la tension ne faisait que grab. Djalakouan va chop les nerfs choua son cha et tell qu'il back à la piaule. C'est au même moment que son C va sonner, Anita qui callait et pendant qu'il jossait avec le dossier les gars vont begin à le look un genre surtout le clan des Sao Tao Kora et Ten Kolo comme pour mimba que c'est la nga qui chop son cerveau.

Le bébé va lui tell que de from elle était busy et n'avait pas eu le time pour le fendre mais que pour bien joss il peut la tamponner mercredi au ministère de Soya à Bonabéri. Après les topos au fone, Djalakouan va speak aux gars que le schéma de Bonamoussadi sera son last et afta chacun tend sa chenille.

Son annonce de renoncer à leur mode de vie ne fut pas du goût de certains de ses amis et qui le lui firent instantanément savoir. Une déclaration interprétée comme un acte de trahison dont il allait regretter selon les propres mots de Sao Tao indexant la responsabilité indirecte de Anita sur l'attitude de Djalakouan. Ces propos méprisants et assez culottés les iincitèrent à en venir aux mains avec ce freluquet à la langue un peu trop pendue. La rixe ne dura que le temps d'un coït après l'intervention des autres. Quelque chose s'était dorénavant fracturée au sein du groupe. Ils se regardèrent de travers comme des chiens enragés. Ngando s'était retiré quelques minutes auparavant et revint porteur d'un message, celui du commissaire avec qui un rendez-vous fut prévu jeudi matin à 2 h au cimetière du quartier New-Bell.

Alors qu'on croyait les tensions s'estomper, le ton grondant et irascible d'un septuagénaire émanant de l'extérieur du bar se rapprocha quand soudain apparut papa Sa'a Calvin qui brusquement se jeta sur Spirito s'agrippant de toutes ses forces autour de son cou le qualifiant de tous les noms d'oiseaux. Une fois de plus les autres intervinrent et le sauva d'une strangulation certaine. Spirito à genoux, la tête baissée éprouvait des difficultés à retrouver son souffle pendant que le père de Elissa l'asphyxiait à coup d'invectives :

" Comprends aussi sur ton corps la douleur que tu m'as donnée depuis que ma fille ne va plus à l'école ! Je t'ai même raté tu as eu ta chance que tes amis t'ont sauvé ; un salopard comme ça! Depuis 8 mois maintenant qu'il a enceinté ma fille est-ce-qu'il est venu même seulement une seule fois avec un morceau de savon à la maison ?"

Djalakouan parlementant avec le vieux réussit à maîtriser sa colère.

- Mais i say hein Ngando take something bring am for that pa'a mais i say hein repe weti you go jong non? Il fait chaud il faut quand même que tu mouilles un peu la gorge

- Vraiment toi tu as l'air un peu gentil mon fils ! Il faut parler à ton ami là toi-même tu vois que c'est normal que non seulement l'enfant fait une année blanche et plus grave tu ne passes même pas à la maison discuter avec ses parents ? D'ailleurs même ses convocations sont versées dans tous les commissariats de Douala ; faut pas seulement on dit après que pa'a Sa'a enferme les gens."

- Non tu as raison sur toute la ligne mais est-ce-que ya un problème qu'on ne peut pas arranger ? Lui-même va venir causer avec toi pour arranger ça papa Sa'a. Sinon weti you go saouler nor repe?

- Merci mon fils stp demande au barman là d'envoyer la Kadji avec petites écritures l'autre qui a les grosses écritures là on dit que le blé de ça n'est pas bien fermenté.

Time repe be dey for lever le coude Spirito go gniè yi tell am say abeg make he tchous yi say he dey reconnaître yi erreur il n'avait pas pu se rendre à la maison parce qu'il avait peur de sa réaction mais pendant tout ce temps he be dey en preparation for came ask Elissa yi hand donc il en profite de l'occasion pour lui annoncer son intention d'épouser sa fille le mois qui arrive. Pa'a Sah he tell yi say weh mon fils il n'y a jamais eu de problème à ce niveau prépare-toi seulement à venir me voir à la maison. Spirito go call barman ask am say he augmenter one mimbo à son beau-père car ils boiront à la santé de son futur petit-fils.

Les anciens ennemis soldèrent leur contentieux autour d'une bouteille de 33 centilitres au moment où le reste de la bande se sépara.

Deux jours plus tard, tôt le matin, une pluie soudaine et abondante tomba suivi d'un vent glacial traversant les rideaux flottants de la fenêtre grande ouverte. Il fit frisquet. Alité, les vibrations du téléphone posé sur la commode près du lit le réveillèrent. Les yeux ensommeillés, Djalakouan lut les messages de Anita avec enthousiasme. Elle se trouvait au ministère du soya à Bonabéri où elle l'attendait. Sans perdre de temps, il se dépêcha de bondir dans le premier taxi qu'il trouva. Une trentaine de minutes plus tard, il arriva à l'adresse indiquée mais ne la vit pas. Ses yeux naviguèrent dans toutes les directions à la recherche de Anita mais sans succès. Les passants, les visages masqués lui rappelaient le port du masque qu'il avait oublié dans la précipitation en quittant son domicile. Il se rendit subito à la première échoppe à sa droite et qu'elle ne fut pas sa surprise lorsqu'il vit cette silhouette dont il se souvenait de chaque relief de ses formes ? Ses lèvres charnues luisaient au contact de la lumière et ses longs cheveux noirs serpentaient une partie de sa frimousse. Un spectacle qu'assistait Djalakouan complètement interloqué ! Elle se tenait là, tout près de lui le sourire rayonnant. Le jeune homme marcha nonchalamment vers Anita et la serra irrésistiblement dans ses bras murmurant des mots profonds dans son oreille, ils traversèrent ensuite la route en direction du ministère du soya où ils prirent place. Ils ne dirent mot, se contemplèrent les yeux dans les yeux et communiquèrent par l'expression des émotions qui se dégageaient de leurs visages jusqu'à ce que la présence d'un serveur brise ce silence idyllique. Il leur apporta un plat chargé de brochettes de Soya. Anita en raffolait. La saveur et le goût aromatisé de la viande déliaient leurs langues déclenchant progressivement un flot de mots entre les deux tourtereaux. Il voulait savoir comment elle allait ? Pour combien de temps était-elle encore au pays ? Ses projets d'avenir et tout le reste. Elle lui retournait les mêmes questions et une vingtaine de minutes plus tard, ils avaient parcouru l'essentiel. Soudain, une succession de klaxons résonnaient dehors annonçant la fin de la partie. Le chauffeur s'impatientait du retard qu'avait pris la fille de son patron. Courte fut la rencontre et difficile la séparation. Anita se leva, l'air dépité et alors qu'elle fit la bise à son amoureux, naquirent des baisers embusqués. Il l'embrassa jusqu'aux commissures; leurs lèvres entremêlées les unes aux autres. Puis, klaxonna à nouveau le chauffeur. Anita s'en alla les regrets dans les yeux.

CIMETIÈRE DE NEW-BELL

2 h le chap go reach am na that time wey commissaire don gui rendez-vous cimetière de New-bell all joueur dem go be dey Spirito, Tchamako, Djalakouan, Sao tao, Ten Kolo, Kora and na Ngando be nack tori time wey some white Lexus go garer et directement Ngando fone go ring am, commissaire di allô allô tell am say he dey make them dey prêt. Small time two black pick-up go sérrer carry them all before take destination inconnue et après avoir longuement roulé dans la profondeur des ténèbres, ils vont reach dans un couloir totalement isolé. Le commissaire va shiba de la bougna avec un manteau cuir noir le chapeau des cow-boys et des rangers aux pieds escorté par 3 chinda chacun avec le teko. Directement Ngando va faire signe aux gars de came et c'est là que Djalakouan va makam son ancien tortionnaire lorsqu'il était le président des étudiants à l'université de Doul ! Oui il s'agissait de Abessolo Jean Marie que les gars de la Fac callaient Fochivé. Son work était de mater tout ce que les autorités considéraient comme opposant surtout lors des manifestations de l'opposition ou des simples mouvements de grève plusieurs personnes qu'on avait hold et bring dans son commissariat étaient torturés à mort et les n'tongman gotaient au n'gass.

"Messieurs, il se dit que dans mon territoire de compétence vous êtes les plus expérimentés dans le domaine qui est le vôtre raison pour laquelle il m'a été suggéré de solliciter vos services afin de mener à bien la mission que je m'apprête à vous confier à l'instant. Un bien très précieux m'appartenant se trouve en ce moment dans une résidence sise à Bonamoussadi au lieu-dit

Tradex Denver tout juste derrière le bâtiment abritant les services de la CNPS. Un coffre-fort contenant une mallette, voilà l'objet de votre tâche. Conscient des difficultés et aléas auxquels vous pourriez être confrontés, j'ai mis à votre disposition le matériel nécessaire c'est-à-dire un plan détaillé de la maison, 3 pistolets de calibre 50 et 2 fusils à pompes. Il s'agit uniquement d'une mesure dissuasive au cas où les occupants des lieux vous obéiront lentement. 200 millions de Fcfa oui j'ai dit 100 millions 2 fois ! C'est la récompense promise et pour vous témoigner de ma bonne foi, une semaine avant l'exécution de votre mission les 40% de cette somme vous seront reversés. Pour terminer, je vous conseille de rester longuement en prière afin d'éloigner de vous tout esprit de ruse dont l'objectif serait de me rouler dans la farine car comme dit l'évangile selon Romains 6:23 : "tout salaire du péché c'est la mort".

Sur ce je vous souhaite une excellente journée tout en vous encourageant à observer les mesures barrières mises en place par notre gouvernement dans le cadre de la lutte contre le covid-19."

Son discours terminé, le commissaire regagna son véhicule et s'en alla laissant les hommes en murmures. L'apparence sombre, le ton impératif et la voix acariâtre de Abessolo Jean Marie exhumèrent en Djalakouan les souvenirs d'un passé douloureux. Ils quittèrent tous les lieux frappés par un sentiment à la fois d'incertitude et d'inquiétude car plusieurs zones d'ombres aiguisaient leur curiosité à savoir la nature du contenu de cette mallette leur valant 200 millions de Fcfa, l'identité de leur prochaine victime et surtout les conséquences de l'échec d'une telle mission. Spirito en avait le cœur net et ne cessait de répéter " Si ce type nous donne les armes ça veut dire qu'il y aura le choc". Des doutes rapidement balayés par Ngando, Kora, Sao Tao et

Ten Kolo évoquant selon eux une formalité malgré le pessimisme qui semblait se lire sur leurs visages.

Au courant de la même journée, accompagné de Tchamako et Djalakouan, Spirito se rendit chez papa Sa'a Calvin comme il le lui avait promis lors de leur dernière rencontre. A l'instar de son ami, celui-ci avait renoncé à leurs activités criminelles, une décision motivée par l'intéressante paie du prochain coup ; il y en avait assez pour vivre heureux aux côtés de la mère de son enfant, principale raison de sa visite ce jour-là. Un véhicule tout terrain transportant divers vivres à savoir des sacs de riz, de sel, de farine, de tubercules, de cartons d'huile raffinée, de vin y compris de kilogrammes de viande bovine s'arrêta dans la cour. Les vrombissements du moteur attirèrent l'attention de maman Thérèse depuis la cuisine. Aussitôt, elle appela son époux qui se précipita pour accueillir celui qu'il surnommait à l'instant "mon beau-fils" tandis que perchée à la fenêtre du salon, Elissa contemplait la scène le visage froissé sans broncher malgré les appels incessants de ses parents. Les trois amis invités dans la maison s'installèrent puis, Elissa le ventre ballonné traînant les pas vint à leur rencontre ignorant Spirito à qui elle affirmait n'avoir rien à dire nonobstant les compliments de ce dernier. Courroucée elle lui en voulait, l'absence et l'insouciance dont il fit preuve révélaient son manque d'intérêt pour sa personne et celle de sa progéniture. Des propos auxquels Spirito plussoyait tout en lui demandant miséricorde.

" Bébé je reconnais que je t'ai trop fait souffrir mais abeg mama je suis came today pour non seulement te joss que je suis sorry mais aussi rencontrer la familly et demander ta main. Je m'engage ici dès cet instant en présence de ton pater, ta mater et mes amis à

39

prendre soin de toi dorénavant. Tu sais bien que tu es ma princesse pour toujours non poupée ?"

Souriante, Elissa ne put déguiser son émotion, une preuve qu'elle avait cédé au verbe mielleux de son homme. Il la prit dans ses bras et la fit fondre en larmes sous les applaudissements de papa Sa'a qui quelques jours encore s'opposait à cette relation. Sa mère, maman Thérèse vêtue de Kaba ngondo sortit de sa cuisine de magnifiques plats de Ndolè plantains mûrs qu'elle leur servit. Des minutes après, elle se joignit à eux, très heureuse du bonheur de sa fille en lui prodiguant des conseils.

- Achille j'accouche très bientôt selon le gynéco-obstétricien ça sera dans moins de 3 semaines tu seras à l'hôpital n'est-ce pas ? Et pour le mariage, as-tu déjà trouvé la date ?

- Bien Sûr que je vais came à l'hosto poupée ! Je suis venu te dire que je ne te quitte plus nor mama ? Où veux-tu que je sois ce jour-là ? Concernant la date du mariage nous en reparlerons dans une semaine et demie à mon retour de voyage mais tu sais poupée j'espère que ça se fera le mois prochain tu vois comment ?

- En tout cas tu m'as déjà trop rythmée hein Achille même si cette fois je te crois sans aucun doute. Tu ne m'as pas dit que tu voyageais où vas-tu ?

- Poupée donc tu es encore sur les ways du passé ? Comment tu peux joss que je t'ai déjà trop cadencée chérie ? Je voyage pour un travail là ce qui est sûr à mon retour on va dikalo.

Le dîner terminé, Spirito s'était entretenu en privé avec Elissa à l'abri des oreilles indiscrètes, il lui fit à elle et à l'enfant qu'elle portait le serment d'une vie commune meilleure ; il voulait être un bon père, un mari exemplaire responsable. "Au nom de l'enfant et de l'amour que j'ai pour toi, je crois en ta sincérité" lui répondit-elle. Il embrassa son ventre pour la toute première fois avant de quitter les lieux en compagnie de ses amis.

23 h 35 mn Denver Bonamoussadi, une villa cossue toute blanche se dressa au milieu des autres.

A une vingtaine de mètres, un véhicule tapi dans l'ombre. Des aboiements de chien se confondant au bruit du ruissellement des eaux émanant d'une fontaine retinrent l'attention des passagers silencieux observant deux agents de sécurité faire la ronde devant un portail d'une hauteur d'environ 3 mètres 50. Les yeux des multiples caméras infrarouges postées dans différents angles de la résidence clignotèrent discontinuellement. Tchamako sortit de la voiture marquant une cinquantaine de pas vers la résidence, de costauds barbelés métalliques serpentaient le dessus de la clôture. Quelques voix chuchotantes s'échappaient de la guérite où s'abritaient les agents de sécurité. Alors qu'il revenait sur ses pas, de loin, il vit un faisceau de phares déchirer la noirceur de la nuit puis, peu à peu émergeait un véhicule qui avança jusqu'à l'entrée de la résidence. Trois agents de sécurité en sortirent et prirent fonction tandis que les deux autres en poste regagnèrent le véhicule qui s'en alla aussitôt. Tchamako revint et raconta aux autres ses observations. Les murs barbelés, les caméras de surveillance, les chiens et les agents de sécurité étaient des obstacles majeurs qu'ils allaient bientôt affronter. Il y avait très exactement 6 jours qu'une concertation eut lieu à Calcio bar où ils définirent leur stratégie face aux équations de sécurité observées à Denver. Le commissaire Abessolo Jean Marie leur fit parvenir 2 sacs chargés dont l'un contenait 3 pistolets de calibre 50, 2 fusils à pompe et l'autre, d'épaisses liasses de billets de banque toutes claquantes. Ngando se chargea de répartir les rôles attribuant chaque pistolet à Tchamako Djalakouan et Spirito confiant les fusils à Ten Kolo et Sao Tao.

" Gars vous knowez que c'est dans une semaine donc je ne peux pas vous gui les tékos maintenant ! C'est le jour du schéma que chacun va choua son fer. Le work est simple Djalakouan c'est toi le chef d'équipe na you get capitanat for that damba so make others joueur dem follow your hautes instruction for attaque. No make erreur for dey time wuna go récupérer that mallette make wuna bring am en même temps afin de garantir le succès et enfin, commissaire he says il va mettre à votre disposition deux véhicules avec chauffeurs so afta tangente them go carry wuna. C'est un schéma pain poulet na n'joh dos wuna go damé".

CNPS DENVER BONAMOUSSADI

Une route creuse et étroite traversait une zone mal éclairée où le coassement des crapauds déchirait le silence nocturne. Des bestioles voltigeaient autour d'une lampe épuisée suspendue au sommet d'un vieux poteau penché. Il était 23 h 48 mn lorsqu'un véhicule de marque Toyota Hilux arriva avant de freiner soudainement ; deux bacs à ordures érigés au milieu de la route empêchaient la circulation obligeant ainsi l'un des occupants à les dégager mais, alors qu'il s'y attelait, il ne fallut qu'une fraction de seconde à Djalakouan et Tchamako qui surgirent du caniveau où ils se dissimulaient. Armés, ils mirent en joue les trois agents de sécurité, les ligotèrent et s'accaparèrent de leurs tenues qu'ils enfilèrent aussitôt avant de prendre le contrôle du véhicule, direction la villa blanche qui se trouvait à moins de 300 mètres. Le bruit du moteur et quelques klaxons devant la résidence leurraient les agents de sécurité qui ouvrirent l'immense portail laissant entrer Tchamako et Djalakouan arborant la même tenue qu'eux. Chapeaux à capuche et cache-nez, deux pistolets tout noirs se dressaient aux bouts de leurs nez ! D'un signe du doigt Djalakouan les invitait au silence, ils se saisirent d'eux, leurs flingues dans la gorge avant de les reconduire dans la guérite où ils furent ligotés.

Le chant de la cascade de piscine interpella Spirito qui les avait rejoint ; il s'émerveillait devant la beauté des lieux, le magnifique jardin et l'omniprésence du luxe qui le firent rêver. Sao Tao, Ten Kolo et Kora s'étaient directement dirigés vers la porte centrale verrouillée qu'ils suggéraient de faire sauter. Une mauvaise idée qui signerait l'échec de l'opération d'après Djalakouan optant pour le coup de la ruse. Alors, il fit retentir la sonnette et quelques minutes plus tard la pièce s'illumina. Des pas se rapprochaient puis apparut une silhouette d'homme qui ouvrit la porte.

" Go for down ! Go for down ! I say put belly for floor mboutman!" lui intima Sao Tao, le canon froid du fusil à pompe collé sur son œil droit qui le fit obéir séance tenante . Allongé face contre terre, ils l'assaillaient de questions :

- Na wou dey ? You be massa long ? How many pipo dey ?

- No i no be massa long abeg wuna ! Na me be majordome le patron est dans la salle.

- So na only wuna two dey for house ? No other person dey ?

- Yes na only we il n'y a que nous à la maison.

Na so them go tied yi like johnny four foot for some corner tell yi say make he no make erreur la vie est longue mais une seule erreur peut la raccourcir djesnow them go palpé all secteur for big long see kind kind tété thing dem, ba fauteuil louis 14 oh ba big big écran plasma oh ba marbre from italia and na last tapis dem for garage. Them go reach for salle de séjour wuside massa be cass nang for canapé apparemment il s'était endormi après la lecture car un un livre ouvert se trouvait dans ses mains.

Ten Kolo and na yi pompa so go put am for yi face say make he wake up quick quick before thing wey he be don boley with Lapiro finish and na yi et directement Tika go open eyes see big hole for yi face jusqu'à là l'homme ne croyait pas he be thing say ova nang don bring yi hallucination mais la voix autoritaire de

Djalakouan accompagnée de 5 armes à feu braquées vers ses yeux lui ont fait comprendre qu'il n'y avait ni pause ni stop ni replay that means say no be na movie . Djalakouan go tell Ten Kolo and na Spirito say make them go étage for up vérifier if no man dey pendant que le monsieur de la maison les conduit au coffre-fort.

- Repe wake up bring we place wey coffre-fort dey.

- Je ne sais pas de quoi vous parlez d'autant plus que je ne comprends pas le Pidgin.

- Coffre-fort c'est pas Pidgin et tu as très bien compris mais comme tu veux voir si vraiment nos armes sont des jouets là okay tu vas voir ça mainan... Mola take that caniche behind door came and na yi.

Derrière la porte du salon se trouvait un caniche que Tchamako ramena et confia à Djalakouan, à l'instant il coinça l'animal agité sous deux coussins et fit usage de son pistolet, un bruit sourd et étouffé se fit entendre. Immobilisé, le chien semblait avoir effectué ses derniers aboiements. Les armes se retournèrent à nouveau contre le propriétaire des lieux, apeuré et terrifié il s'exécuta sur-le-champ les conduisant vers une chambre voisine où se trouvait un coffre-fort noir trônant au milieu d'objets usés. Mais un détail frappa le chef de la bande ; il ne voyait ni Spirito ni Ten kolo partis des minutes plus tôt vérifier la présence d'autres occupants de la maison. Djalakouan confia la suite des événements à Tchamako se rendit à l'étage supérieur à la recherche de ses collègues. Il murmura leurs noms, balayant son regard à travers coins et recoins sans résultat !

Mais soudain, un bruit particulier s'échappait de la porte légèrement entrebâillée située à sa droite au bout du couloir. Il s'approcha et vit Ten kolo pointant son fusil à pompe sur une femme en pleurs qu'il obligeait à se dénuder. Le visage de cette femme, sa voix et ses longs cheveux étaient des caractéristiques d'une personne qu'il connaissait par coeur…Terriblement abêti et sidéré, derrière son masque et sa capuche Djalakouan apercevait la terreur dans ses yeux. Ces yeux d'habitude magnifiques, ce regard renfermant la lumière et les éclairs s'était assombri dans l'obscurité. Son minois avait fané mais son parfum était resté le même ! Anita se tenait là, à la fois devant lui et devant un fusil à pompe !

Fou de rage Djalakouan attrapa Ten kolo par la gorge, menaçant de le buter alors que ce dernier essayait de se justifier. Craignant que Anita l'identifie, il le ramena dans le couloir où ils eurent des échanges vifs.

- So you be na rapist! Tu es un déchet violeur man ? C'est le work que nous sommes comot faire la-bas?

- Mola est-ce-que je voulais la violer ? He be mimba say he go moua le niè na for sika i don hala hala yi small.

- Père my own no di go far hein i fit finish and na you sur place et sans rendre compte à quelqu'un ! Pendant qu'on souffre en bas pour retrouver le coffre tu cherches à violer une femme ici en tout cas me and na you. Dégage vite mbutman!

Ensuite il retourna dans la chambre tout honteux. Anita en sanglots le conjurait d'une voix morose de l'épargner, une preuve qu'elle n'avait reconnu aucun des intrus. Djalakouan par sa gestuelle essayait de la rassurer sans mot dire. Il prit un calepin posé sur la coiffeuse, griffonnant quelques mots à l'intérieur qu'il lui remit :

"Tout ira bien tu n'as rien à rien craindre, ne sors pas de ta chambre jusqu'à ce que ça se termine"

Il retira la batterie de son portable, sectionna le câble reliant le téléphone fixe à la prise puis referma la porte après lui et rejoignit ses complices en bas. A l'intérieur du coffre, des objets de valeurs dont des lingots d'or, des bijoux de la monnaie étrangère et une mallette noire, certainement le précieux sésame. Alors que Kora, Ten kolo et Sao tao s'apprêtaient à vider le contenu Djalakouan s'y opposa déclenchant des grincements de dents.

" No be na mallette we don came take am ? Make we take am go !"

Son refus les plongea dans un indéchiffrable courroux ; ils ne comprenaient pas sa décision invraisemblable. Pressés par le temps, ils prirent la mallette et quittèrent les lieux. A la sortie de la résidence Djalakouan vit le caniche qu'il croyait avoir tué précédemment ! Comment était-ce possible ? Certes l'animal était ensanglanté mais bel et bien en vie, une curiosité noyée par un sentiment de soulagement.

Les six hommes regagnèrent leurs deux véhicules dans lesquels ils étaient répartis par trois, Tchamako Spirito et Djalakouan se trouvaient dans l'un tandis que les autres occupaient le second. Aux volants les chauffeurs mis à leur disposition par le commissaire Abessolo Jean Marie démarraient en trombe s'éloignant dans la profondeur de la nuit. L'atmosphère ne fut pas au beau fixe, chagriné Djalakouan se tenait la tête entre les deux mains regrettant cette soirée cauchemardesque ; une attitude que ne comprenaient pas ses acolytes après la réussite de l'opération. Abattu et d'une voix indolente, il leur annonça qu'ils venaient de s'en prendre à Anita et son père, il l'avait vue de ses propres yeux dans sa chambre à la merci de Ten kolo, un scénario insoupçonnable dont ils n'y croyaient pas. Pendant qu'ils s'apitoyaient le véhicule s'immobilisa sur le pont Bao situé entre les quartiers Bonamoussadi et Bepanda; le chauffeur s'absenta quelques secondes à peine lorsqu'une rafale de coups de feu s'abattit contre l'automobile. Les balles chantaient à travers leurs passages à divers endroits de la carrosserie. Pris au piège, les occupants essayaient en vain de joindre les autres mais hélas aucun de leurs numéros de téléphone n'était disponible ! La panique les gagna rapidement, le véhicule éblouit par des étincelles se transformait au fil des secondes en un sarcophage métallique infernal. À chaque rafale, la puissance de feu tel un lampadaire éclairait la nuit noire. Les 3 amis maigrement ripostèrent à l'aveuglette, Djalakouan se rendait compte que la cartouche était à blanc. Il n'y avait aucun projectile lorsqu'il pressait sur la gâchette ! Il comprit la supercherie et le piège qui venait de se refermer contre eux, il comprit la raison pour laquelle le caniche avait survécu.

Djalakouan à coups de pied brisa la vitre de la portière à sa gauche avant de sauter par-dessus le pont, rejoint dans l'eau par les deux autres. Les balles continuaient à pleuvoir, cette fois-ci elles ricochaient à la surface de l'eau par centaines. En apnée, ils virent certaines d'entre elles les traverser à toute vitesse, s'écoulaient plusieurs minutes sous le regard des assaillants perchés sur le pont, leurs armes s'étaient tues, les bruits aussi, aucun signe de vie ou de survie n'indiquait la présence d'un homme ou d'une chose dans les eaux. Convaincus de les avoir éliminés, ils disparurent comme par enchantement sans aucune trace.

Small time Complice dem go comot for diba first na Tchamako ,man don wèpeh yi voice no di comot sef ensuite na Djala. Them go shidon for side begin wanda for this coma wey e don happen dem mais une personne manque à l'appel ! Wuside Spirito dey ? Man don décidé say he go nager small or na how ? Them go call am tired ! Turn back sef inside diba look am, call am again mais rien ! Spirito n'est visible nulle part. But them get so so espoir say combi go comot for wata. Plusieurs minutes à espérer que leur ami apparaisse, Tchamako et Djalakouan vont se résoudre à envisager le pire ! Spirito no fit calé for this diba ! 2 hours before na you be tell we say you go married Elissa next month, mola abeg comot for wata your pikine di wait you. Tchamako go cry tok all kind tok et toujours pas de Spirito…Pour finir them don hap sense say that pikine don calé for wata! Non seulement man don make broke in town for yi own gondele house et cérise sur le gâteau leur ami vient de disparaître sous les eaux.

Them go disappear quick quick reach am for house, Djalakouan go tell yi complice say them must senta than place parce que do how do how mbéret dem go came for dey morning le chap. Trempés jusqu'à la tête et sanglotant, les deux amis vont changer leurs vêtements et repartiront sans perdre de temps certains de l'arrivée des policiers et gendarmes dès les premières heures de la matinée. Mais them no know wuside them go hide am, them no fit hide for bonamoussadi again donc better na for find another secteur.

Them go run am go pambi for Village kwata chez le cousin de Tchamako où ils pourront se reposer et réfléchir tranquillement sur la situation délicate. Them go knock door man le chap à 4h he go open am see them, wanda say mais ma joueur dem wuside wuna di comot à cette heure ? them go expliquer yi say situation dey critique make he lep them rest d'abord avant qu'ils lui expliquent les choses.

Gazo était le cousin de Djalakouan et vivait au quartier village, contrairement à son frère il avait jusqu'ici mené une vie honnête et travaillait d'ailleurs dans le restaurant d'un hôtel de la ville. Il les accueillit à bras ouverts et après leurs échanges, les deux visiteurs lassés s'endormirent...

4 heures plus tard, les rayons de gyrophares transpercèrent les judas des murs, le chant aigu des sirènes raisonna, le bruit de rangers encercla la maison.

"Gars le niè et les mberé sont là ! Les gendarmes ! Les policiers !" Sursauta Tchamako d'un horrible cauchemar ses vêtements imbibés de sueur. Le gars avait nang jusqu'à rêver comment les niè étaient came les kota. Même éveillé, il continuait à joss qu'ils sont là. Les gars wandayant sur le mboutman vont confirmer le traumatisme et la fia du ngata. Gazo allumant la TV pour mettre les sons va tomber sur les informations du matin.

"Il est 8h30 dans la capitale économique, c'est le flash info de la matinale, l'insécurité a atteint son apogée dans la ville, la dernière victime en date n'est autre que l'homme d'affaires Sopo Christian victime la nuit dernière d'une attaque à main armée à son domicile sis à Denver au quartier Bonamoussadi pris d'assaut par une escouade de malfrats qui vont physiquement s'en prendre à lui et sa fille avant d'emporter des objets de valeurs. Informés, les éléments du commissariat du 12e arrondissement parviendront à rattraper le véhicule à bord duquel se trouvaient les bandits, s'en suivront alors des échanges de coups de feu entre les hors- la-loi et les hommes en tenue qui réussiront à éliminer l'un des membres de la bande sur le pont Bao. C'est à la clinique le

Jourdain à Bonanjo que l'opérateur économique a été admis aux urgences où son pronostic vital n'est pas engagé. Pour toute information pouvant permettre l'identification des auteurs du hold-up, bien vouloir contacter les autorités locales les plus proches. Rendez-vous au bulletin de 12 h pour plus de détails sur cette affaire''

L'information leur tomba dessus comme un couperet ! Elle anéantissait complètement le peu d'espoir qu'ils eurent ; ils avaient espéré que Spirito s'en était sorti. Désormais seuls, ils se lorgnèrent succinctement depuis les chaises où ils s'étaient assis avant d'éclater chacun en sanglots. Les larmes dégoulinaient par l'intervalle des doigts de Tchamako et s'écrasaient contre le sol, il s'était caché le visage pour ne pas affronter les questions douloureuses qui désormais les regardaient. Que deviendra Elissa ? Comment lui dire qu'elle ne le verra plus et qu'ils ne pourront plus se marier ? Comment accueillera-t-elle la nouvelle ? Et l'enfant ?

Comme revenu d'un cauchemar Djalakouan, sursauta de sa chaise et éteignit son téléphone puis se débarrassa de la puce. Man be no want make erreur because niè dem go enter laboratoire small time organiser traçage time them go take spirito yi fone directement he tok Tchamako say make he trowey far yi puce and off phone.

Affecté par la mort de son ami, Djalakouan trouva la force d'aller à la recherche de Anita qu'il affirmait avec certitude se trouver à la clinique le jourdain à Bonanjo. Il acheta de magnifiques roses et prit la route, accompagné par Tchamako et Gazo.

C'est au bout de la rue Dikoumè Bell que le véhicule qui les transportait marqua un arrêt, la clinique le jourdain était prise d'assaut par des journalistes et d'agents de forces de l'ordre.

Malgré les mesures de sécurité et le risque considérable de se faire repérer, Djalakouan enfila son cache-nez et pu traverser différents contrôles à la barbe et au nez des policiers. Pendant qu'il se fit passer pour un membre de la famille à l'accueil de l'institut, ses deux complices restés à l'extérieur lui prévenaient de tout signe suspect pouvant mettre à mal sa présence sur les lieux. La peur au ventre, il dut patienter un moment avant l'arrivée d'un homme en blouse blanche qui le conduisit devant une porte vitrée. Là, de l'autre côté du verre sur un lit médicalisé se trouvait une patiente a priori endormie sous le drap. Son esthétique fin tatouage au doigt, un indice évident qui permit à Djalakouan de faire le lien avec Anita. Il poussa méticuleusement la porte et déposa les roses à son chevet, ne pouvant malheureusement pas lui tenir compagnie, il lui baisota les doigts avant de quitter la salle le cœur affligé.

Trois heures plus tard, des policiers débarquaient au domicile familial de Spirito à Bilongué, quartier malfamé rongé par la pauvreté et la grande délinquance où la justice populaire condamnait quotidiennement par lynchage tout individu suspecté, accusé ou pris en flagrant délit de vol.

Sa grand-mère octogénaire accrochée à sa canne tamisait la farine de maïs lorsque 6 hommes en tenue se présentaient à elle lui posant une série de questions. Aucune réaction ! Aucune émotion ne se dégageait sur l'expression faciale de la femme agée terrée dans un silence assourdissant. Une attitude loufoque que ne comprenaient pas jusqu'ici les policiers interpellés tout à coup par une voisine :

"Bonjour les chefs euille la grand-mère là est aveugle et sourde hein ! tout ce que vous parlez là elle ne comprend pas ça et ne voit pas ça donc vous perdez seulement votre temps chefs !".

Hébétés, les agents de police se rapprochaient d'elle pour en savoir davantage et découvraient que Spirito âgé de 5 ans avait perdu ses parents la veille de leur mariage lors d'un accident de circulation survenu sur la route Douala-Yaoundé. Orphelin, il avait été élevé par sa grand-mère malade qui au courant des années perdait la vue et l'audition. Ils apprirent également qu'il s'appelait Ngamen Achille et avait annoncé à plusieurs personnes au quartier son mariage le mois prochain avec la mère de son enfant, une certaine Elissa qui vivrait au quartier Dakar situé à 15 minutes d'ici. Une mine d'or d'informations exploitées par les policiers qui se lancèrent à sa recherche.

Elissa devant la glace, contemplait ce gros ventre qui poussait de jour en jour, ses entrailles qui portaient l'œuvre de Spirito la rendaient heureuse. Elle s'imaginait toute ravissante à l'intérieur de sa magnifique robe blanche aux côtés de celui qui 48h encore à travers des SMS la rassurait par ses promesses. Soudain, des toc-toc résonnaient, croulant sous le poids de son ventre, elle se dandina lentement et atteignit la porte qu'elle ouvrit. Des policiers et gendarmes la mine inamicale apparurent :

- Nous sommes bien chez la future madame Ngamen ?

- Vous êtes chez mes parents et ils sont absents que puis-je pour vous ?

- Est-ce que nous sommes chez la mère de l'enfant de Ngamen ? Madame, vous semblez vous amuser hein mais je suis sûr que les pleurs vont commencer bientôt.

- Vous ne me dites toujours pas l'objet de votre visite messieurs.

- Comme ça hein ? C'est comme ça que vous les femmes vous avez la bouche ? Bon madame le père de votre enfant a eu un accident de travail et il est mort ! il est allé voler avec ses amis et on l'a tué ! Nous sommes là pour retrouver ses complices et naturellement vous souhaiter nos condoléances.

Des frissons s'emparèrent de l'âme d'Elissa, tremblotant telle une feuille, son teint pâlit. Prise de vertiges elle s'appuya contre le mur qu'elle longeait tentant en vain d'y trouver un support mais ses forces la quittèrent ; puis, soudainement un liquide jaunâtre s'échappa de l'intérieur de ses jambes. Effondrée, Elissa s'écroula inerte sous le regard des policiers venus lui porter secours. Enveloppée dans un pagne, un taxi la transporta dans le centre de santé le plus proche. La scène attira plusieurs badauds et les rumeurs se répandirent jusqu'à Calcio bar où son père papa Sa'a Calvin prenait une bière.

"Spirito don meng ? Meng how ? Yi sep sep or na yi jumeau ? " Se demanda l'homme paniqué prenant le chemin de son domicile à bord d'une moto taxi suivi de près par ses compagnons du bar. Une dizaine de minutes plus tard, des cris pointus de son épouse maman Thérèse revenue du marché déchiraient l'atmosphère triste propageant dans tout le quartier des décibels de lamentations. Son mari braillant de douleurs arriva en course avant de terminer chacun les bras dans l'autre, ils s'enroulèrent dans la poussière mimant des cantiques de réconfort afin d'apaiser leur douleur lancinante.

LA MALLETTE

All essingan dem be don calé for some place waitam say commissaire contrôler them for gérer them en grand ,time them hear say Spirito don meng for diba them say il n'est pas mort seul c'est sûr que les poissons refusent de libérer les cadavres des deux autres mais Ngando be don trowey tok tell am say parfois le crocodile fait semblant de se noyer pour mieux tester le courage du lion donc make no man crier victoire avant la fin du match parce que tant qu'il ne voit pas Tchamako et Djalakouan au journal de nécrologie de la CRTV he no fit shake foot. D'ailleurs sep he go ask Sao tao and na Kora est-ce qu'ils sont sûrs de les avoir finis dans l'eau ? Them go répondre say na djanga wahala, qu'ils ont été tués et que tout dépend maintenant de la volonté de l'eau de rendre leurs cadavres. Ten Kolo he says he want go play tapé-tapé for Akwa donc make commissaire call them quick quick pay their do pour le reste il reste persuadé que Djalakouan et Tchamako sont morts avant d'avoir touché l'eau.

" Bon tara, j'ai eu le commissaire qui se trouve en ce moment à Yaoundé. Je lui ai dit que le travail a été fait avec brio, il m'a joss qu'il est là-bas pour gerer un petit mouvement et va back morrow quant à moi j'ai eu une urgence, ma belle soeur vient d'accoucher et je dois go la voir à l'hosto. Ten kolo la mallette doit rester ici chez-toi jusqu'à demain l'heure à laquelle Abessolo va nous call" Na Ngando tell them so.

Trahis par les leurs et en cavale depuis 24 heures, les deux rescapés du pont Bao s'étaient lancés à la poursuite de Sao tao,

Kora, Ten kolo et Ngando dans quelques endroits en commun qu'ils fréquentaient. Ils avaient pratiquement fait le tour de la plupart des bars, snacks, salles de poker mais ne parvinrent pas à les localiser. Il était presque 1 heure du matin, fatigués, les chances de retrouver leurs traces devenaient compliquées Djalakouan et Tchamako se rappelaient alors l'amour de Ten kolo pour les jeux de hasard. Ils prirent la direction de Game Boss Center, célèbre casino situé derrière le palais King Akwa. Ils y arrivèrent et se mêlèrent à la foule de parieurs occupés à leurs activités. De grosses liasses de billets superposées les unes aux autres s'érigèrent au milieu des cartes à certains endroits et aux dés à d'autres. Près de là, le bruitage des machines à sous indiquait la récolte des gains. Ten kolo n'était visible nulle part dans la salle ni au tatami ni au tableau ! Désespérés, ils se résolurent à quitter les lieux mais la chance leur sourit lorsqu'ils le virent emprunter un taxi pour le chemin du retour.

Tchamako et Djalakouan à l'arrière d'un véhicule l'épièrent jusqu'à son domicile où le taxi le déposa. Tapis dans le noir, ils observaient chacun de ses mouvements et gestes. Ne se doutant de rien, Ten kolo sifflotait gaiement en introduisant la clé dans la serrure de la porte puis, brusquement s'enchaînaient simultanément des paires de coups poing l'aveuglant instantanément. Ils le poussèrent dans la maison et refermèrent la porte ; s'ensuivit alors une bastonnade à huis clos !

Des retrouvailles qui n'obéissaient à aucun code politesse.

- Why wuna want meng we? For sika weti wuna don shiba we?

- No be na me tara ! Ask Sao and na Ngando i no know something massa !

Harcelé par des chaises qui se brisaient contre ses côtes et son crâne, la tronche ensanglantée et amochée, il rampa sur ses genoux peinant à répondre aux questions accompagnées de coups qui lui tombaient dessus. Ils le tabassèrent jusqu'à l'essoufflement, l'immobilisèrent face contre terre dans une mare de sang qui se propageait sous les meubles avant de lui porter un dernier geste fatal. Ten kolo émettait des soupirs agonisants sous le regard rouge de Djalakouan le visage éclaboussé de sang !

Il y eut un silence de mort. Éreintés, les deux amis assis sur le fauteuil reprenaient leur souffle avant de se lancer dans une fouille systématique des lieux espérant trouver des éléments pouvant les mener aux autres. Les mains imbibées de sang, Tchamako alla dans la salle de bain se les nettoyer lorsqu'il appela excitement Djalakouan qui arriva à cet instant, un vide se trouvait dans le plafond suffisamment grand pour laisser passer un homme. Ils décidèrent d'y jeter un coup d'œil ; Tchama atteignit le trou en quelques secondes et s'y faufila.

"Tu vois quoi là-bas ma joueur ? Some man don caché for up ?"

Lui demanda son curieux ami les yeux rivés vers le haut. Un rire sarcastique résonna des entrailles du plafond, une drôle de réponse qui accéléra davantage l'intérêt de Djalakouan. Les bruits de déplacements de Tchamako se rapprochèrent lentement et soudain, il sortit la tête du trou, le sourire jusqu'aux oreilles avant de crier :

" Ova don na mbout too much tchéké na échouation! La mallette est là entre nos mains combi !"

Il la lança à un Djalakouan effaré qui l'ouvrit immédiatement. Le contenu était bouré de documents confidentiels dont il prit connaissance et au fur et à mesure qu'il se plongeait dans la lecture, il découvrit les ravages du fléau qui pendant des décennies avait classé le Cameroun dans le palmarès des pays les plus corrompus de la planète, la corruption. Des transactions financières chiffrées à des centaines de millions de fcfa, des sociétés qui n'existaient que sur papier mais comme par enchantement avaient remporté des marchés d'appel d'offres pour la livraison de matériel médical pour une valeur de 2 milliards 489 millions de fcfa pendant la crise sanitaire. Quelques mois plus tôt, le 4 mai 2020 dans le cadre de la lutte contre la covid-19, le fonds monétaire international (FMI) accordait au Cameroun la somme de 226 millions d'euros pour faire face à la pandémie marquant ainsi la genèse de l'un des plus grands scandales financiers de l'histoire du pays. Djalakouan découvrit que derrière ces entreprises et sociétés fictives se cachaient un certain Abessolo Louis Paul, secrétaire général du ministère des finances et frère d'Abessolo Yves Marie commissaire du 8ème arrondissement au quartier Dakar à Douala et principal instigateur du braquage au domicile de l'homme d'affaires Sopo Christian.

Une découverte fort intéressante qui mesurait la nature et l'ampleur de l'affaire dans laquelle ils se trouvaient.

Le chap morning, Ngando go allô allô Ten Kolo but man no di pick yi phone, send message mais nathing ! Peut-être que that man don cass for Game Boss center sachant que na djambo go finish and na yi. Na so Ngando go tok am say, il va le rappeler d'ici 1h le temps que le djambo et le vin sortent de ses yeux mais one hour later toujours aucune réponse. Some kind na mauvais sentiment go choua Ngando directement he go allô allô other joueur dem tell them say il doit avoir un problème chez Ten Kolo et qu'ils doivent go là-bas tout de suite.

Ran ! Ran ! Ran ! them go reacham yi house place dey quiet sotey even mosquito no di fly, Kora go mou say mais je dis hein comment la maison du type ci est calme comme ça alors que d'habitude quand on shiba chez lui si tu ne l'entends pas boxer la carte au moins le mutumbu joue? Mola don lever le coude sotey he don fall syncope massa ? Alors que them di avancé na dey them go see miracle ! C'est par l'interstice de la porte qu'ils vont gniè Ten kolo couché dans une mare rouge ! Kora he says miracle that man don lever le coude sotey he don take rest wash yi skin and na yi or na how ? So them go avancé small small jusqu'à témoigner en direct dead body man inside blood,all joueur dem go make marche arrière say ah on peut voir comme ça que les mberé sont pambi dans la maison pour leur sortir la lâcheté but pour finir them go comprendre say mberé no know something for this one ,Kora sera le premier à se jeter sur le cadavre criant à gorge déployée :

"Kolo ! Ten Kolo ! Na weti nor ma joueur ? Mais i say hein na joke ? Ou bien tu fais semblant ?"

Them don macham man sotey yi dead body dey like that pompé wey pikine dem di play damba and na yi for maternelle, them go sciencer all side for know weti happoun Ten kolo mais some last sentiment go choua Ngando he says Kora abeg lep that man he reposé en paix va plutôt rapidement grimper au plafond de la salle de bain nous ramener la mallette qui est là-bas on doit déjà s'apprêter pour rencontrer le commissaire tout à l'heure. En même temps, complice go marquer le pas reach am plafond comot some kind na scream pass mamy wey he dey corps à corps and na pickpocket dem.

- Mais i say hein, tu cris quoi là-bas comme ça ?

- Ngando i no di see mallette ! Le plafond est vide je dis hein vous êtes sûrs que c'est dans le plafond ci que vous avez mis ça ?

- Lookot hein massa il ya deux douches dans la maison ci ?

- Asouer nathing dey for ya il ya rien ici la mallette a disparu.

Ngando yi head di tchakala inside man go begin broke bathroom door and na ba coup de tête sef ! Sao Tao yi sep sep go grab plafond say he go turn na pierre pietrus il va voir qu'il n'y a rien là-haut avant d'accepter. He go fouiller sotey ampoule and na panaris go comot for yi hand sef mais toujours rien !

Ngando, le regard noir, traina une chaise et s'assit près du cadavre de Ten Kolo la main tremblante, il tenta à plusieurs reprises d'allumer une clope enclouée au bout de ses lèvres qui tomba dans une épaisse flaque de sang dans laquelle nageaient ses pieds. Comme une paire de perroquets, Kora et Sao tao répétaient continuellement le même refrain : "Les gars-là ne sont pas morts ! Tchamako et Djalakouan ne sont pas morts !"

Un demi sourire grincheux apparut furtivement du visage de Ngando, ce qu'il redoutait depuis fort longtemps avait fini par se réaliser alors qu'il s'apprêtait à livrer ses impressions, la sonnerie de son téléphone fendit l'atmosphère mortuaire:

- Oui allô mon commissaire bonjour et bonne arrivée à Douala

- Le rendez-vous c'est pour c'est pour 17h30, vous me ramènerez la mallette à l'hôtel la falaise à Bonapriso c'est tout juste à la rue

Njo-Njo; j'en profite de l'occasion pour vous féliciter on aura le temps de prendre un pot ensemble tout à l'heure.

- Euhh comi... Comi... Mon commissaire je voulais vous dire que...

- Je suis actuellement en réunion. À tout à l'heure.

E don bad ! Commissaire don came back for travel tell them say this evening them go meetup for hôtel la falaise that tété secteur dem, na for this place he want récupéré yi mallette. Kora, Sao Tao ana Ngando their head dem di hot am pass waterfufu. Palu go catch dem all non seulement them don take avance de dos mais them no ba remplir contrat this time them don fall for their own motoh.

Pendant ce temps for orther side nié dem go inta hospital wuside Elissa dey begin ask kind kind question say make he tok truth car l'affaire est grave l'un des plus grands opérateurs économiques de la ville a non seulement été victime d'un braquage à main armée à son domicile, en plus il y'a mort d'homme en l'occurrence son copain Spirito so make he coopérer now now so.

- Elissa ça va ? Comment va l'enfant ? Bon nous sommes là pour quelques questions, vu que la fois dernière on n'a pas pu s'entretenir comme tu t'étais évanouie là ! Sinon tu récupères déjà ?

- Oui ça va déjà merci vous auriez pu attendre que je quitte le centre de santé avant de reprendre l'interrogatoire non ?

- Weh la fille ci est une sabitout donc tu veux nous apprendre notre travail ? Vraiment nous on n'a pas le temps à perdre ! Ngamen Achille, combien de temps tu étais avec lui ? Tu le connais où ?

- Nous étions camarades au collège évangélique de New Bell en classe de 4ème et plus tard nous avions eu une relation j'ai dû arrêter les études car enceinte.

- Donc le gars-là était même élève hein ? Voilà les délinquants qui nous gâtent les enfants à l'école.

- Il a arrêté l'école ça fait un an aujourd'hui je ne sais pas de quoi vous parlez !

- Ah bon hein ? Tu sauras ! Tu connais les gens avec qui il marchait ?

- Je ne connais que Maurice et Stéphane ses deux amis et je doute fort qu'ils soient mêlés à ça.

- Douter quoi ? Toi-même tu savais que ton gars était un mauvais élément ? En tout cas nous on va partir et allons repasser pour la suite.

CLINIQUE LE JOURDAIN

Christelle et Manuella s'étaient rendues à la clinique le Jourdain pour rendre visite à Anita qui se rétablissait de quelques violences physiques subies face à Ten Kolo lors du braquage. Elle leur raconta le film des événements qu'ils avaient vécu et les horreurs auxquelles elle avait échappé grâce à l'intervention de l'un des intrus qui s'était mystérieusement montré gentil empêchant son complice d'abuser d'elle. Quant aux biens emportés, elle n'en savait pas assez car son père n'avait signalé que la perte de certains documents de ses entreprises présents dans une mallette que les malfaiteurs auraient confondue à de l'argent. A son réveil, Anita avait trouvé un paquet de roses à son chevet, quelques mots glissés à l'intérieur portaient la signature de Stéphane. Étonnée, elle ne comprenait pas comment il avait su pour ce qui s'était passé et son passage à la clinique lui paraissait énigmatique. Elle avait par la suite essayé de le joindre mais tombait sur son répondeur. Christelle lui avait apporté des brochettes de Soya que Anita adorait tant. Et pendant qu'elle les dégustait, il l'appela. Sa voix, ses articulations et expressions, une espèce de thérapie qui égaya Anita heureuse de revoir l'homme qu'elle aimait, il était à quelques minutes de la clinique et ne tarda pas à arriver.

Depuis le couloir, des chuchotements s'échappaient de la porte légèrement entrebâillée lorsque Djalakouan vint, s'approcha lentement et par la vitre de la fenêtre la vit. Ses cheveux ébouriffés retombaient sur ses lèvres gercées. Tout à coup, elle l'aperçut et un sourire automatique illumina son visage. Il entra dans la chambre, Anita l'attendit à bras ouverts, Steph comme elle l'appela la rejoignit dans le lit, l'embrassa longuement avant de se retourner vers Christelle et Manuella qu'il n'avait pas vues. Il retourna à nouveau dans les bras d'Anita, lui chuchotant à l'oreille comme à son habitude combien de fois il l'aimait.

Elle trouvait les roses magnifiques et le lui fit savoir mais deux questions lui taraudaient l'esprit :

- Comment as-tu su qu'il s'était passé quelque chose chez moi ? Comment as-tu su que j'étais ici ?

- Poupée ton père est un opérateur économique, une personnalité publique je l'ai appris dans les médias comme d'autres personnes je me suis inquiété et voilà.

- Pourtant je ne t'ai jamais parlé de mon père…Je veux dire parler de son identité.

- Oui c'est vrai mais à la télévision ils parlent de tout tu sais. Qu'est-ce que t'as eu sur la lèvre poupée ?

- Lors de l'intrusion l'un des agresseurs m'a frappée mais heureusement ce n'était rien de grave. Tu sais j'en parlais à Christelle, son collègue m'a porté secours alors qu'il m'agressait mais si ça se trouve peut-être qu'il ne voulait pas aggraver les choses. Je suis certaine que tu m'aurais défendue comme ce type pas vrai Steph ?

- Bien sûr que je l'aurais fait poupée et tu le sais bien.

Christelle et Manuella s'étaient retirées laissant les deux amoureux en intimité. Depuis un moment, Anita le voulait à ses côtés toute la journée, sa présence la comblait de plaisir mais malheureusement Djalakouan devait déjà s'en aller. Tchamako faisant le guet depuis l'extérieur du bâtiment l'alarmait de la présence du commissaire Abessolo. Il la quitta précipitamment et se déroba à travers les couloirs de la clinique.

Djala be don run am join am complice outside wuside he be don pambi radaliser corner, he go confirmer man say commissaire Abessolo and na yi tchinda dem don enter hospital so better them take tangente before lâcheté choua them.

Mista Sopo Christian be dey for bed time commissaire Abessolo go came tell yi say il a été informé de la situation par l'un de ses éléments lors de son voyage à Yaoundé raison pour laquelle il n'avait pu être à son chevet à temps say na djesnow he came back for waka mais make he know says do how do dow he go catch bandit dem wey them don visiter yi say all commandant dem commissaire dem for douala dey en alerte maximale for that matter donc fait quoi fait quoi ils ne courront pas longtemps.

L'HÔTEL LA FALAISE

Le commissaire n'était resté que moins d'une heure au chevet de lit de son ami Sopo Christian et avait très rapidement regagné sa suite à l'hôtel la Falaise de Bonapriso où il attendait la mallette.

Sao Tao, Kora and na Ngando be don reach am hôtel la Falaise, their head di shake am inside like na top pamplemousse them no know if man go back alive today for house, allô allô be ring am na Abessolo be callam ask am say vous êtes où ? Nous sommes là mon commissaire tout juste là dehors na Ngando be répondre so. Na dey small time two big men dem like sumo pipo for Japon go reach am tell them suivez-nous. One two! One two! Reach am some suite présidentielle for dernier étage wuside na only big katika dem di briss, that two tchinda dem wey them don rythmer them for ya, them say make them shidon so wait am small car le commissaire ne va pas tarder à les retrouver mais en attendant make them jong Johnny Waka. Palu go hold all na them dem, them be wanda say these pipo di tchoko we fine thing so how them go make am time them go hear say we don came na onze devant onze non mola ? En tout cas seul un cadavre n'a pas la possibilité de lever le coude le jour de la collation de ses propres funérailles donc better we jong we own whisky before thing weh he go reach am reach.

Le Commissaire, rangers noirs et arborant un pantalon cuir assorti d'une veste militaire fit son apparition au milieu de ses invités tel un spectre, salua bas et s'assit au centre de la pièce. Son visage caché sous son képi et lunettes de pilote ne manifestait aucune expression. Abessolo glissa les doigts dans la poche ramenant un cigare qu'il coinça au bout des dents. Ses éléments se précipitaient briquet à la main et soudain son visage s'illumina dans une épaisse fumée.

- Na weti wuna don shidon like na mise en bière so ? Wuna don lost person for wuna family ?

- Commissaire thing weh e don happoun we don pass death sef i no know how i go start am for explain.

- En tout cas il ya toujours une solution à chaque problème mais i say hein ? Wuna don hide mallette for kanda before i no di see wuna and na yi ? Bring am djesnow so!

- Commi… Mon commissaire après la mission nous nous sommes retrouvés au domicile de Ten Kolo où nous avons fait le point. Nous sommes partis de chez-lui, lui confiant la mallette puisqu'à cette heure-là nous courions le risque de tomber sur les éléments du 12e. Mon commissaire le lendemain à notre arrivée Ten kolo était mort et…La mallette avait disparu !

Commissaire go laf small call some na yi tchinda tell am say make he take bouteille de Jack Daniel's for tiroir bring am. Man be don shidon quiet pendant que other tchinda dem di put whisky and na glaçon inside cup. Jong one time, jong 2 times, jong 3e verre call tchinda tell yi something for yi ears say make he traiter fuckup for that lassa pipo dem wey them want fouma-fouma and na yi.

Le sous-fifre du commissaire le plus fidèle d'un ton irascible et impératif leur intima l'ordre d'ôter leurs vêtements, Ngando terrifié refusait d'imaginer ce à quoi il pensait se fendant de regrets sans relâche. Un flot de paroles charabiesques qui exaspérait et lui valut une rafale de baffes dans les yeux ! Kora et Sao Tao témoins de la correction s'exécutaient sur-le-champ sans aucune forme d'objection. Le policier défit son ceinturon, plaqua chacun des trois hommes contre le mur avant de leur infliger des coups de fouet déchirants dans le dos et les parties intimes. La suite de cet hôtel prit l'allure d'une chambre de torture et de concentration de la douleur car l'assaut à répétition du fouet épluchait chaque partie de leurs corps. Les cris et les pleurs n'affectaient pas leur bourreau sadique se nourrissant de leur pénitence.

- Je veux bien voir la taille des couilles qui veulent me doubler ! Petit, je pense que vous ne savez pas qui je suis. Des personnes plus téméraires que vous ont essayé ça avec moi mais la plupart sont soit à New Bell soit au cimetière du même quartier donc je vous laisse quelques instants pour vous décider.

- Patron, bois calmement ton whisky parfois la seule façon de faire entendre raison à l'aveugle c'est de le piétiner ! Patron, même si c'est comment la mallette là va sortir laisse je vais les gérer et si ça me dépasse on continue au sous-sol.

Le subalterne continuait encore et encore à les flageller à l'aide du médaillon métallique qu'il assomait sans retenue entre leurs jambes. Ngando affaibli, suppliait sans cesse, il invoquait l'indulgence du commissaire dont un seul mot mettrait un terme à leur pénitence infernale. Abessolo s'entretint brièvement avec Kora et se retira dans une chambre à-côté puis passa un coup de fil :

"Oui prends avec toi quelques hommes et rends-toi derrière le marché situé à Dakar, la première rue à ta droite se trouve un portail bleu en face d'un conteneur. Entrez dans le domicile et rappelle-moi pour me dire ce que vous y découvrirez"

Une vingtaine de minutes plus tard le commissaire Abessolo reçut l'appel qu'il attendit :

"Chef il y a un cadavre dans la maison il doit être là depuis 48h au moins. L'homme aurait été battu à mort, la nature de ses blessures porte à croire que c'est le cas ; j'ai appelé les gens là qu'ils viennent porter ça pour la morgue."

Après cette information le commissaire retourna dans la pièce, fixant longuement Ngando d'un air dubitatif, il demanda l'arrêt des sévices.

"Mon commissaire tout ce que je vous ai dit est vrai on se connaît depuis des années ; je ne peux pas vous faire ça ! Ce sont vos éléments qui avaient la charge d'éliminer mes trois gars comme vous me l'aviez ordonné mais le plan n'aurait pas fonctionné comme prévu. L'un a été confirmé mort tandis que les deux autres seraient encore en vie je pense qu'ils ont supprimé Ten Kolo avant de s'emparer de la mallette qui se trouvait à son domicile"

Vidant dans sa gorge le fond du verre qu'il agrippait aux bouts des doigts, le commissaire Abessolo laissa illustrer la froideur de la réputation du personnage qu'il incarnait à travers un dernier discours épiloguant la rencontre :

"La prison de New Bell est largement saturée, il n'est pas question que l'un de vous y fasse un tour. La prison au Cameroun est réservée aux opposants politiques et à une catégorie de personnes ne disposant pas de moyens pour se défendre. Dans une semaine, je vous abats tous les trois et ne rends compte à personne si cette mallette n'est pas retrouvée ! Et si jamais vous avez l'intention de prendre la fuite, de disparaître de la circulation, n'oubliez jamais que vos familles en payeront les conséquences lorsqu'on se moque de Abessolo."

Après son bref discours en guise de mise en garde, le haut gradé se retira de la suite, escorté par ses subalternes et hommes de main laissant derrière eux des murs éclaboussés de sang et des hommes écorchés vifs. Leurs apparences portaient les stigmates du calvaire vécu pendant un mauvais quart d'heure. Ngando rampant sur la moquette, cherchait lassement des yeux le siège le plus proche où reposer son esprit abattu. Retrouver Tchamako et Djalakouan était désormais la clé de leur existence, le hasard avait voulu qu'ils soient encore en vie mais dans sept jours le seront-ils ?

Kora eut une idée puisée au fond de ses souvenirs. Boitillant, il se leva, fouilla dans son répertoire et lança un appel qui paraissait durer une éternité avant qu'une voix féminine ne se fit entendre :

- Djimy, comment vas-tu ?

- Bébé Manuela je suis là non ma coco juste que tu m'as oublié.

- Non du tout ! Je fais actuellement une formation en transport-logistique et je t'assure que ça me prend énormément de temps mais je te promets qu'on aura l'occasion de prendre un verre.

- Ah je vois ! Beaucoup de courage la go. Moi de mon côté, juste que depuis cette soirée à L'OSAF je n'ai cessé de penser à toi hein. Certes je ne t'ai pas call entre-temps mais je ne voulais en aucun cas te déranger.

- La soirée était magnifique ! J'espère que la prochaine fois c'est toi qui m'inviteras.

- En tout cas c'est toi que je wait. Mais dis-moi beauté, comment vont tes copines ? Tout le monde va bien ?

- Stéphane ne vous a pas dit ? Anita, la cousine de Christelle a été agressée lors du passage des bandits à leur domicile à Denver et se trouve même en ce moment dans une clinique.

- Merde ! Ne me dis pas Manuela ! J'étais en déplacement et n'ai pas eu Stephane depuis quelque temps.

- Nous étions avec Stéphane à la clinique, le nom de la clinique c'est le Jourdain…

- Ah oui la clinique le jourdain je know, je know je vais go la-bàs aujourd'hui ou tomorrow pour lui rendre visite wehh merci hein mama on reste en contact.

Une lueur d'espoir naquît suite à cette conversation pleine de révélations car non seulement l'identité de l'une des victimes de Denver ne leur était pas inconnue, mais cette dernière entretenait une relation avec Djalakouan qui les conduirait à lui. En sursis, Sao Tao, Ngando et Kora sans plus perdre de temps quittaient à leur tour l'hôtel se lançant à la recherche de celui par qui leur vie dépendait.

Djalakouan était en vie et ils en avaient la confirmation après la conversation téléphonique entre Kora et Manuela. Il n'y avait plus aucun doute, la mort de Ten Kolo et la disparition de la mallette étaient incontestablement ses œuvres. Leur sort reposait désormais sur leur capacité à le capturer mort ou vif, ils en firent une affaire personnelle et ne jurèrent que par sa peau. Si Anita est sous soins à la clinique, Djalakouan devrait y être ou du moins des indices permettraient de retrouver ses traces. Fort de cette logique, le trio prit le chemin du quartier Bonanjo où se trouvait la clinique le Jourdain. Vêtus en policiers, ils débarquèrent dans les locaux de l'établissement la mine grave et le ton sérieux prétendant au personnel avoir la responsabilité de mener l'enquête liée à l'affaire de Denver.

"Nous allons juste lancer un coup d'œil chez la patiente Anita afin de nous rassurer de son état et effectivement lui poser quelques questions" dit Ngando à la réceptionniste en astiquant son faux badge conçu à l'occasion. Ne se doutant de rien, celle-ci vérifia dans le registre du service des hospitalisations avant de leur répondre : " Seule une patiente au nom de Anita Sopo a été admise dans l'établissement et a pu regagner son domicile hier soir"

Dépités et désillusionnés ils sortirent de la clinique ne s'avouant pas vaincus.

DINER À DENVER

Tard dans la soirée Djalajouan et Tchamako firent une courte visite aux parents d'Elissa. Son père papa Sa'a Calvin toujours inconsolable voulait savoir les circonstances de la mort de celui avec qui il s'était réconcilié quelques jours avant la mauvaise nouvelle. Le destin s'acharnait contre lui et sa famille, disait-il en pleine tempête de soucis et difficultés financières ; étant donné que sa fille enceinte n'allant plus à l'école devra élever toute seule son enfant sans l'aide d'un homme. Les larmes de papa Sa'a émurent les deux visiteurs qui promirent de prendre soin de la progéniture de leur ami décédé concluant leur passage par une enveloppe qu'ils la lui remirent.

Le jour suivant, Djalakouan tout beau soignait son apparence défilant sans cesse devant la glace modifiant au moindre doute toute imperfection. Il s'était mis sur son 31 pour honorer à l'invitation d'Anita à son domicile. Ce domicile qu'il connaissait très bien. Ce domicile, témoin de la violence dont il fut à l'origine et qui avait mené celle qu'il aimait aux urgences. Il avait essayé de décliner en vain cette rencontre mais capitula face à la persistance de la fille de Monsieur Sopo Christian. Il revivait à l'instant les images de ce soir-là, soliloqua face au risque d'être mis à nu.

La sonnette carillonna, les chiens aboyèrent, le majordome se dépêcha d'annoncer à Anita la présence d'un homme. La jeune femme se dirigea vers le portail accueillir son invité. Les cordelettes de sa robette noire fuyaient ses épaules laissant surgir sa gracieuse poitrine brune s'entrechoquant à chaque pas qu'elle effectuait. L'anxiété de Djalakouan disparut quand il la vit. Elle esquissa un sourire, le tint par la main avant de le conduire vers la salle de séjour. Peu loquace, Djalakouan bégayait, hésitait, il éprouvait des difficultés à dissimuler son malaise, un comportement que Anita mettait sur le compte de la nervosité d'un jeune homme visitant pour la première fois les parents de sa conquête. Anita l'installa par la suite dans la salle à manger et progressivement il s'apaisa lorsqu'elle se reposa sur ses épaules. Christelle aidée par une ménagère ramenait de la cuisine des couverts qu'elle disposa sur la table avant de prendre chaleureusement Djalakouan dans ses bras. Ils échangèrent un moment ; elle était ravie de le revoir, lui aussi.

La table se remplissait à chaque va-et-vient de la ménagère, du ragoût de pommes sautées, du ndolè poissons fumés accompagnés de plantains mûrs, du poulet DG et du vin rouge d'excellente qualité ornaient la table d'une extrémité à une autre. Soudainement, vêtu d'un tee-shirt et un short hawaîen Monsieur Sopo Christian fit son apparition et prit place. Le stress de Djalakouan repartit à nouveau. Il multipliait maladresse après maladresse dans ses gestes fuyant le regard du père d'Anita assis en face de lui.

- Papa voici Stéphane je l'ai invité ce jour dîner et profite de l'occasion pour te le présenter. On s'est connus il y a de cela deux semaines et quelques. Stéphane, voici mon père Sopo Christian le plus cool des papas.

- Bonjour Monsieur, enchanté de me retrouver dans votre demeure ce jour, c'est un honneur pour moi de vous rencontrer.

- Bienvenue jeune homme, dites-moi qu'y a-t-il entre toi et ma fille ?

- Euh…Euhhh… Anita …Euhhh Anita est une personne exceptionnelle que j'ai rencontrée et…Et…

- J'ai rien compris ! Christelle tu as compris quelque chose toi ?

- Nous entretenons des liens je dirais proches, Monsieur.

- "Liens proches" qu'est-ce que ça veut dire ? Qu'est-ce que tu fais dans la vie jeune homme ?

- Informaticien Monsieur, je suis informaticien.

- Tu sais jeune homme, ma fille n'est pas d'ici et comme tout parent, il est de mon droit de protéger et de veiller sur mon enfant je dois m'assurer que l'environnement qu'elle fréquente est un environnement sain ceci dit, la prochaine fois, s'il y en a une bien sûr, j'attends de toi que tu me dises avec précision la nature de la relation que tous les deux entretenez. Je vous souhaite à tous un bon appétit.

On entendait cuillères et fourchettes percuter les plats en céramique. Nul ne disait mot, il en fut ainsi pendant de longues minutes avant qu'une scène ne retienne l'attention de Djalakouan. Tête baissée et yeux larmoyants, Anita n'avait visiblement pas apprécié le discours de son père. Djalakouan la réconfortait par des mots mystérieux qu'il lui glissait à l'oreille ; il se servit d'un mouchoir pour sécher ses larmes sous le regard de Monsieur Sopo qui les lorgnait à travers l'interstice du journal qu'il tenait entre les doigts. Alors que le climat s'épaississait, Monsieur Sopo reçut un étrange coup de fil, se précipita sur la télécommande et alluma la télévision.

"Fin de cavale pour l'un des cerveaux de l'attaque à main armée dont a été victime Monsieur Sopo Christian, célèbre homme d'affaires de la capitale économique. Alors qu'il se trouvait à son domicile un soir en compagnie de sa famille, des individus armés vont faire irruption torturant les occupants des lieux avant d'emporter plusieurs objets de valeur. Le suspect Ashu Maurice alias Tchamako 31 ans a été interpellé dans un prêt-à-porter au quartier Dakar par les vaillants hommes du commissaire Abessolo Yves qui à notre micro déclarait il y a de cela quelques instants je cite : « L'efficacité de nos forces de sécurité n'est plus à démontrer » fin de citation. Le patron de la sécurité du 8e arrondissement a également souligné et salué la collaboration synergique de ses collègues du 5e, 6e et 7e arrondissement qui a permis de mettre hors d'état de nuire le malfrat tandis que son complice le dernier de la bande court toujours mais plus pour longtemps a promis le commissaire Abessolo."

Le couperet était tombé comme une lame ! Asphyxié, Djalakouan avait été décapité par la nouvelle ! Tchamako s'était fait prendre par Abessolo, mais qu'était-il allé faire à Dakar ? Ce n'était clairement pas le temps des questions mais celui de sauver sa peau. Pendant tout ce temps Monsieur Sopo était resté en conversation avec son interlocuteur, les mots devenaient bizarres et parfois précis, l'ouïe fine, Djalakouan pouvait identifier cette voix au bout du fil. Abessolo, le commissaire Abessolo c'était lui sans aucun doute. Peut-être que les deux hommes complotaient pour le coincer. Djalakouan feignit un malaise, les convives inquiets lui proposèrent de faire appel au médecin de la famille mais que non ! Djalakouan avait disparu les moments suivants !

Djala don take tangente afat hear say Tchamako don fall for tchoki na weti be don happoun? Man no sabi mais he go allô allô Gazo make he tell yi if yi sef don apprendre say mbéré don put hand for yi broda mais Gazo he says he no ba hear something il n'est au courant de rien says he don comot house from le chap for go lewa. E don bad! If Abessolo don hold that man, ça veut dire que all yi tchinda dem dey for yi back.

Pendant ce temps Tchamako dey commissariat du 8e wuside Abessolo yi tchinda dem don move yi clothes drop wata for yi skin, tied yi like ground beef ask am say où est passée la mallette ? Où se trouve son ami Djalakouan ? Où se cache-t-il ? Tchama go répondre say au nom de Dieu he no know wuside he dey say last time he don see man na five days ago, commissaire Abessolo go tell yi say make he call Allah Jéhovah ana Yahweh sef mais même comme les sûrs ne sont plus sûrs ce qui est sûr est que go for up go for down he go tok.

Dépourvu de ses vêtements et ligoté tel un fagot de bois, Tchamako fut conduit dans une pièce ténébreuse située dans le sous-sol du commissariat du 8e arrondissement. Il y régnait d'épouvantables odeurs, de tas d'immondices jonchant le sol poussiéreux, la présence d'excréments et les quatre murs chargés de graffitis témoignaient de la nature des activités sombres qui s'y déroulait. Quelqu'un actionna sur un interrupteur et l'ampoule fixée sur une latte traversant la pièce illumina les ténèbres faisant apparaître chaînes, machettes rouillées, barres de fer et seaux remplis d'eau.

Le commissaire Abessolo, sifflotant comme un serpent à sonnette se débarrassa nonchalamment de sa veste exposant son robuste buste, comme à son habitude glissa un cigare sous ses dents avant de le faire enflammer éclairant momentanément une partie de la pièce en proie à l'obscurité.

He go nack one briss, two briss, un temps deux mouvements he go put that cigare for Tchamako yi face, take another one put am

77

for yi leg ! Mola be cry beg am mais Abessolo habitué à ses œuvres restera insensible et indifférent à ses douleurs d'ailleurs même est-ce que bolo don begin sef ? One na yi tchinda go take rope tie Tchamako like na mitoumba make yi comprendre yi say les pleurs du nouveau-né commencent toujours à 5h du matin donc make he cry fine because small time yi sep sep go denied for cry. Abessolo go take sika again put am for man yi dagobert trowey some kind na doti fransi tok say :

"Les bandits de votre espèce, je les castre et empêche qu'ils se reproduisent ! Seuls les plus chanceux ressortent d'ici avec un noyau en moins. Maintenant tu vas me dire où se trouve ma mallette !"

Tchamako, tout nu attaché à une chaise ressentait des douleurs vives parcourir son visage son cou et ses parties génitales portaient des traces vives de brûlures de cigare. Même face à la terreur infligée à huis-clos, il niait catégoriquement ignorant que sa capacité à résister n'avait pas jusqu'ici fait face au meilleur du pire de Abessolo et ses hommes. Ses "Je ne sais pas" étaient un signe de l'échec des méthodes employées jusqu'à présent. Ingurgitant un verre de whisky, le commissaire décida d'abréger l'effronterie de ce gamin qui allait changer d'avis dans quelques instants sans s'en rendre compte.

"La balançoire ! La balançoire !" s'égosillait un tortionnaire enragé assisté par un collègue avec qui ils se saisirent de Tchamako, lui attachant les mains dans le dos qu'ils reliaient à ses pieds également ligotés par une chaîne. Ils le soulevèrent, traversèrent la pièce et le firent suspendre aux bouts de deux crochets fixés à deux poteaux formant une cage de but. L'aspergeant d'eau pour adoucir sa peau afin qu'elle soit receptible à la souffrance. Abessolo apparut avec une queue de fouet en caoutchouc noir qu'il fouettait à repetition sur le coprs trempé de Tchamako. Une affliction acérée qui déchirait son âme et sa peau. Il criait de toutes ses forces, suppliant son bourreau dont les bruits étincelants de caoutchouc semblaient assourdir. Les assauts en continu de la bastonnade le déchiquetaient le long du corps. Abessolo épuisé marqua un arrêt, respira un coup et reprit de plus belle mais cette fois-ci avec une machette rouillée qu'il appliquait de toutes ses forces contre les plantes de pieds de Tchamako. L'ami de Djalakouan n'allait pas tarder à craquer. Ses cris, pleurs, appels au secours et supplications n'étaient d'aucune utilité.

"Branchez-moi le courant ! On va le braiser comme le soya ! Allumez le générateur et ramenez-moi les électrodes ! C'est maintenant que commence le travail"

Des paroles terrifiantes et électrocutantes qui réveillaient Tchamako sombrant dans un état inconscient. Il multiplia des gestes et bruits attirant l'attention d'un sous-fifre qui avait déchiffré son langage corporel.

- Chef c'est comme ci le gars-là veut parler hein lui-même doit confirmer le bon travail.

- Mon commissaire je sais où la mallette se trouve Djalakouan l'a enterrée dans champ derrière la texaco située au quartier Newtown Aéroport je peux vous y conduire là-bas dans la soirée.

- Tu voulais d'abord que je te traite avant que tu parles ? Et ton Djalakouan habite où ?

- Je ne sais pas où il vit mais on se voit chaque 2 jours au boulevard de la Liberté à Akwa.

- Détachez-le ! Nous irons là-bas dans la soirée et malheur à toi si tu essaies de me rouler et sache donc que cette fois-ci ça sera ta fin.

Après les aveux de Tchamako, Ngando, Kora et Sao Tao apparurent dans la salle ! Tapis dans l'ombre, ils avaient assisté à toute la scène. Libéré des cordes dont il était prisonnier, mutilé de la plante des pieds, à l'arrière-train, Tchamako ne pouvait ni s'asseoir ni se tenir sur ses jambes. Il vit ses anciens complices et comprit que ces derniers étaient remontés jusqu'à lui mais comment ? Pour l'instant il n'en savait rien.

CHAPTA THREE

3

OVER DON NA MBOUT

III

Night don fall for Elf axe lourd kwata, bordel dem don plenty for secteur some one di dangwa trottoir for find le mougou orther one don shidon for snack dem for make lecture de jeux. Embouteillage na wuna came see am ! Some cortège for three tapis dey corps à corps and na benskineur dem, inside one motor Tchamako dey and na commissaire Abessolo, other two motors na tchinda dem don plenty inside. Them di go for Newtown Aéroport kwata wuside Tchamako go show them place weh Djalakouan don hide mallette. Cortège go go nayor nayor reach am some couloir before e stop, Tchamako he says la mallette est enterrée dans un terrain situé derrière l'école publique de Newtown Aéroport so make them dangwa small vu que l'endroit n'est accessible qu'à pied.

- Mon commissaire c'est ici c'est à cet endroit que nous avons enterré la mallette.

- Les bandits ont toujours les yeux de chat ! Avec toute l'obscurité ci tu as pu facilement retrouver l'endroit où ma mallette se trouve. Lieutenant, donnez-lui la pelle qu'il creuse lui-même le trou !

- Mais mon commissaire, comment vais-je creuser avec les menottes ?

- C'est un petit problème, on va te les enlever et tu vas bien creuser.

Tchamako cognait de toutes ses forces la pelle dans la terre aride de cet endroit isolé envahi par l'obscurité, les bruits du godet percutant le sol se faisaient entendre à plusieurs mètres de là. Il le savait, son avenir dépendait de ce qui se trouvait au fond de ce trou.

- Vous avez enterré la mallette là, dans une fondation d'immeuble ?

- Il fallait la mettre profond, bien profond…Mon commissaire

Alors que le commissaire commençait à s'impatienter, tout à coup, des coups de feu retentirent depuis le ventre d'une touffe d'herbes de l'autre côté du terrain broussailleux provoquant une débandade générale ! Ils étaient la cible des balles invisibles dont certaines sifflaient et d'autres ricochaient près du sol où ils avaient trouvé refuge à plat ventre. Abessolo et ses hommes ripostaient à l'aveuglette contre des tireurs embusqués tapis dans la noirceur de la nuit, balle contre balle coup pour coup ! Soudain un silence remplaça le vacarme des calibres. Qui sont ces gens ? Que veulent-ils ? Observent-ils une pause pour mieux se ressourcer afin de mieux attaquer de nouveau ? S'interrogeait le commissaire en sollicitant du renfort à l'aide de son talkie-walkie. Les assaillants ne se manifestaient plus et après une longue attente Abessolo et ses subalternes sortirent de leur cachette, estomaqués par la scène qu'ils vécurent.

"Il est temps de reprendre le creusage en attendant que le renfort arrive Tchamako remets-toi au travail"

Il n'y avait plus de Tchamako! Il n'était visible nulle part ! Il avait mystérieusement disparu !

Furieux, ils l'appelaient dans tous les sens, le cherchaient sous les vieilles feuilles répandues ça et là mais hélas ne le retrouvaient point. Comme un magicien Tchamako s'était volatilisé sans aucune trace.

Des retrouvailles affectueuses et bouillonnantes avaient lieu à 200 mètres de là, Djalakouan et son meilleur ami se serraient dans les bras, jubilant la réussite de ce plan anticipatif conçu au lendemain de la mort de Ten Kolo. Il était question d'inventer ce scénario si à jamais l'un d'eux se faisait prendre afin que l'autre puisse intervenir et le sortir d'affaire. Présent, Gazo avait également participé à l'opération de libération de son cousin, ils étaient tous réunis là se racontant chacun ses exploits.

À Yaoundé ce n'était pas la joie, des rumeurs pressantes à travers les réseaux sociaux et les médias annonçaient l'implication de fonctionnaires et personnalités politiques dans les détournements de fonds covid alloués au Cameroun par le FMI (Fonds Monétaire International) et autres partenaires internationaux dans le cadre de la gestion de la pandémie. Le secrétaire général du ministre des Finances, Monsieur Abessolo Louis Paul y était longuement cité comme l'un des prévaricateurs. Le scandale financier devint politique,la chambre des comptes se saisit de l'affaire et un audit vit le jour sur l'utilisation des 226 millions € représentant le double versement de prêts effectué par l'institution monétaire internationale. Suite à son rapport d'audit sur la gestion de ces fonds, de foudroyantes révélations furent mises à jour montrant le summum de la corruption et des détournements lors de l'usage de cet argent à savoir :

surfacturations, conflits d'intérêts et de nombreuses entorses au règlement.

Une manne financière pour Abessolo Louis Paul, profitant de son statut, de sa position, de son réseautage et des complicités au sein du régime qu'il servait, mit la main sur une partie des fonds par une vieille stratégie bien connue. Il chargea son frère Abessolo Yves Marie commissaire de police à douala de convaincre l'homme d'affaires Sopo Christian afin qu'il mette à sa disposition au moins trois entreprises fictives supposées être spécialisées dans la vente et livraison de matériel médical. Créées à l'occasion, ces entreprises remporteront quelques semaines plus tard lors d'un simulacre d'appel d'offres plus de 3 marchés de livraison du matériel sanitaire pour un coût total de 2 milliards et 500 millions de fcfa.

Le scandale était si retentissant que chaque matin plusieurs personnalités voyaient leurs passeports retirés et d'autres auditionnées par la justice. Craignant d'être le prochain sur la liste, le secrétaire général du ministère des finances Abessolo Louis Paul opta pour des méthodes dignes de la pègre, il confia la mission à son frère le commissaire Abessolo Yves Marie de récupérer par tous les moyens les documents le liant au scandale financier que détenait Sopo Christian. L'échec de l'opération menée à la résidence de l'homme d'affaires à Douala n'était pas du goût du secrétaire général du ministre des Finances qui privilégiait désormais son élimination physique.

SANTA BARBARA, BONAMOUSSADI

Dans le couloir, des pas de talons se rapprochaient succinctement lorsqu'un poussoir fit retentir la sonnette, suivi d'un bruit de clef dans la serrure. Une main pressa sur la poignée de la porte, ravissante comme à son accoutumée Anita apparut souriante. Djalakouan l'invita dans la chambre d'hôtel qu'il avait réservée à l'occasion. Elle portait de magnifiques tresses qui lui tombaient jusqu'à son postérieure, sa peau caramélisée, son regard félin et sa minijupe moulante en maille la rendaient irrésistible. Muet, Djalakouan n'avait pas perdu l'usage de ses mains pour autant, il se jeta sur ses lèvres qu'il mangea jusqu'aux jonctions ! Ses doigts ambulants se faufilaient sous son soutien-gorge migrant de ses jambes à son entrejambe lisse. Poussant des cris érotiques, comme possédée, Anita ondulait son corps entre les mains autoritaires de Djalakouan qui la soulevait par-dessus la commode avant de la jeter dans les draps. Sa culotte vola à travers la pièce, son soutien-gorge emprunta le même chemin, ses jambes s'ouvrirent, Djalakouan les referma…

Une heure plus tard, Anita avait regagné son domicile, partie précipitamment. Des coups de fil de sa cousine Christelle et de son père signalaient une urgence. C'est au bord de la piscine que Sopo Christian multipliant les cent pas l'attendait de pied ferme. Le regard silencieux et désolant de sa cousine indiquait une anomalie.

- Est-ce-que tu as idée de la merde que t'as foutue ? Lui demanda son père les mains posées aux hanches.

Anita bouche bée ne comprenait pas, avant de poser à son tour la question :

- Je ne comprends pas papa, que se passe-t-il ? Christelle veux-tu me dire de quoi il s'agit ?

Gênée, Christelle flegmatiquement lui tendit son téléphone. La gueule de Djalakouan apparaissait dans des dizaines d'articles de médias en ligne qui le décrivaient comme le cerveau principal du braquage de Denver au quartier Bonamoussadi. Il était relayé à chaque virgule qu'il était celui qui avait pris en otage la famille de l'homme d'affaires avant de s'accaparer de certains biens. Djalakouan à l'état civil, Tchemi Stéphane fut le président des étudiants de l'université de Douala. Activement recherché par les forces de l'ordre, il entretiendrait une relation avec l'une de ses victimes, la fille de l'homme d'affaires. Pouvait-on lire à la conclusion de l'article.

Le téléphone s'échappa de ses mains et s'écrasa contre le sol ! Assommée, tous ces éléments qui accablaient celui qu'elle aimait ne la convainquirent guère. Anita en pleurs courut vers sa chambre farfouillant dans ses effets personnels et retrouva enfin la note que lui avait laissée l'un des malfrats la nuit de l'intrusion qu'elle compara à celle glissée dans le bouquet de roses que lui avait apporté Djalakouan à la clinique le Jourdain. Les écritures étaient identiques !

Le cœur d'Anita s'emballa, un vent de colère balaya cette flamme sentimentale qui l'animait depuis des jours laissant place au dépit et à la rancœur.

Des sirènes et vrombissements de moteurs se firent entendre tout près de la résidence, les portières se refermaient les unes après les autres. Le commissaire Abessolo Yves Marie accompagné de son collègue du commissariat du 5e et une armée de policiers vinrent à la rencontre de Monsieur Sopo Christian demandant à voir sa fille. Anita ne tarda pas à se présenter et fut mitraillée de questions par les visiteurs :

- Mademoiselle, ainsi vous sortez avec des bandits qui finissent par agresser vos parents ? Depuis quand êtes-vous ensemble ?

- De qui parlez-vous monsieur ?

- De qui je parle comment ? Je te parle du gars que tu as rencontré en boite de nuit et qui était te rendre visite à la clinique après avoir perpétré le braquage au domicile de tes parents.

Bouche cousue, Anita n'arrivait plus à dire un mot, les événements invraisemblables qui se déroulaient annihilaient sa capacité à saisir la réalité. Elle avait honte d'elle et du tort qu'elle avait causé à son père et à sa famille. Habituellement méticuleuse, elle s'était fait leurrer par celui en qui elle avait le plus confiance. Le commissaire Abessolo convaincu d'un rôle qu'elle aurait joué dans cette affaire la menaçait de garde à vue si elle ne coopérait pas en révélant l'endroit où se trouvait celui qu'il appelait "son complice". Humiliée, Anita craqua :

"Il se trouve à l'hôtel Santa Barbara chambre 35"

Elle se retira en larmes dans sa chambre où elle se terra refusant d'aborder le sujet avec Christelle. Sans perdre une seconde de plus, les commissaires et leur armée prirent la route du quartier Santa Barbara et y arrivèrent 15 minutes plus tard. Le personnel de l'établissement apeuré ne comprenait pas cette forte présence policière investissant les lieux. Après un bref entretien à la réception, le commissaire Abessolo confirma la présence du fugitif dans le bâtiment. Les couloirs du 3e étage grouillaient de pas, en file indienne avançant l'un derrière l'autre, les policiers armés se dirigeaient vers la porte 35 se trouvant devant eux. L'atmosphère stressante et le silence suspect des lieux laissaient envisager le pire, la suite des événements s'annonçait imprévisible.

Le commissaire Abessolo et quelques-uns de ses hommes avaient encore en mémoire le traquenard qui leur fût tendu par le même individu il y'a de cela quelques jours. Il n'oubliait pas que Djalakouan n'avait pas hésité à éliminer Ten Kolo et par conséquent n'était pas un enfant de chœur.

"Tchemi Stéphane alias Djalakouan, il est temps que tu arrêtes le sommeil ! J'aurais dû finir avec toi depuis l'université sors de là tranquillement et rends-toi ! Ne nous oblige pas à venir te chercher avec la force." Abessolo tentait une approche diplomatique qui resta lettre morte car aucune réponse ne venait derrière la porte. Lassés, ils perdirent patience et se servirent d'une clé prise à la réception qu'ils insérèrent dans la serrure. Le bruit du mécanisme et le grincement des charnières augmentaient le suspense d'un danger imminent. Les policiers déboulèrent dans la chambre, leurs armes pointées dans le vide ! Il n'y avait pas l'ombre de quelqu'un encore moins Djalakouan !

Djalakouan don take tangente de from, mola don disappear for room wuside he be dey alors que niè dem don came catch yi. Time he be nang Tchamako be don allô allô yi tell yi say Elissa don born djanga boy na so he be don lef that place go ignorant que sans ce coup de fil na victoire for Abessolo and na yi tchinda dem djesnow. Now now so he dey for centre de santé salot

Spirito yi pikine time Gazo go allô allô yi say some na yi combi wey he di bolo for hotel Santa Barbara don trowey yi fax say conteneur for niè dem be don came catch yi,them don fouiller side by side corner by corner mais lassa pipi dem be don turn back bras ballants. So Djala go pamla how them don make for know say na for that place he be dey alors que seule son bébé Anita était au courant ? Na dey he go call am for nack yi belly say bébé Anita tu es bien rentrée à la maison ? Tu me manques beaucoup et je pense à toi.

Wandaful! Gondele go begin tok yi some kind na tok and na ba kind vimba say he be na thief man oh say he be bandit and na way que he don gui yi all yi heart mais son remerciement c'est ce qu'il a fait ! Tok say make he take yi road say he no want see yi no one day. Afta all that lavage and na repassage Anita don raccroché en même temps. Djalakouan don calé poster even abc he no ba tok am he don comprendre say Anita don senta yi man don try encore et encore call am Anita mais poupée no di pick fone! Tchamako he says mais mola assia make we go sciencer how we go make for niong make that commissaire no di catch we parce que ce que j'ai vécu dans son sous-sol i no dey pret for turn back for dey encore.

SOPO CHRISTIAN MUST MENG

Na we this for cimetière de New Bell again, na 2h du matin this wey Ngando, Kora and na Sao Tao don came meet up commissaire Abessolo. Cool no di lep man, all kind na hiboux dem di fly for secteur or na totem dem oh man no sabi. Small time some last tapis go came garer make signe Ngando say make they follow them comme la dernière fois. Them go reach for some corner, Abessolo and na yi tchinda dem go comot for tapis tell dem say if he no ba finish and na them jusqu'ici c'est parce que dans la vie chacun a droit à une dernière chance so this deuxième chance na for tèmè mista Sopo Christian that means say he di charger them for mission Sopo Christian must meng et que cette fois-ci le plan est simple. Son frère Abessolo Louis Paul viendra à Douala la semaine prochaine pour rencontrer des amis lors d'un dîner organisé à l'hôtel Le Bourgeois et parmi les invités sera présent Sopo Christian. Kora et Sao Tao doivent se rendre dans cet hôtel dès demain déposer une demande d'emploi make them no trembler something parce que l'homme qui s'occupe du recrutement est un ami à lui à qui il a déjà annoncé le passage demain de ses deux petits. So he go gui them some arata chop die djesnow wey that day them go put am for mista Sopo yi tchop or yi jong.

One week later Kora and na yi complice Sao Tao na serveur dem for hôtel Le Bourgeois secteur for tété and na briss pipo dem. Ba kind kind big tapis dem dey outside, salles VIP, décors luxueux et personnel accueillant à la disposition de la clientèle. Small time them go reach all, commissaire Abessolo Marie, yi broda secrétaire général ministère for mbourou mista Abessolo Louis Paul, Businessman for Denver Sopo Christian and other pipo dem go shidon for restaurant. Them go nack commentaire for all trouble wey he di chakala boko, stade olembe wey big katika na yi tchinda dem di construct am from year by year, bandit dem be don nack ekzé take 163 milliards say na complexe moderne we go témoigné dans bientôt and na ba salle de cinéma oh ba terrain de basket oh ba hôtel 5 étoiles and na ba piscine olympique sef mais for last heure sotey today even stade for damba them no ba finish am! Some big katika na yi bandit he says hotel 5 étoiles wey we be wait am dey for sous-sol ! Pendant ce temps Abessolo go tanap say na toilette he go, alors que na for some room he go wuside Kora and na Sao Ta dey, il va leur demander d'être prêt et d'attendre son signal le moment du dîner.

Ne se doutant pas un seul instant que ses jours étaient en danger ce soir-là, Monsieur Sopo Christian écoutait attentivement le commissaire lui faire le point sur l'enquête de l'affaire le concernant.

"Ils étaient trois parmi lesquels un certain Stéphane Tchemi, ancien président des étudiants de l'université de Douala que j'avais personnellement traité lors des mouvements de grève qu'il menait à l'époque. C'est le même individu qui s'est mis avec votre fille, Monsieur Sopo. L'un de ses complices a été abattu le même soir après le forfait. Le deuxième est actuellement détenu dans les locaux de mon commissariat en attendant son transfert pour la prison de New Bell. Le 3e, Tchemi Stéphane ne courra pas longtemps, faites-moi confiance".

Le dîner était servi, les convives s'apprêtaient à passer à table lorsque des cris affolants émanant de l'extérieur suscitaient une panique dans le restaurant. La clientèle inquiète, excitée par une folle rumeur indiquant la chute mortelle d'un client de l'hôtel depuis le 7e étage se précipita vers les fenêtres. Le commissaire Abessolo regagna l'extérieur du bâtiment et se dirigea vers le foyer du vacarme où étaient agglutinés des centaines de badauds autour d'un véhicule. Il se fraya un chemin au milieu de la foule et n'en crut pas ses yeux ! Le cadavre encastré de celui qu'il avait chargé d'empoisonner Monsieur Sopo Christian ! Ils avaient pourtant discuté une vingtaine de minutes plus tôt dans une chambre au 7e étage en présence de Kora qu'il tentait d'ailleurs de joindre en vain.

Que s'était-il passé ? Comment était-il arrivé là ? Pour en avoir le cœur net, il prit l'ascenseur pour le 7e.

L'absence d'Abessolo et le restaurant qui s'était presque vidé étaient des facteurs qui alimentaient la curiosité de Monsieur Sopo l'incitant à se rendre sur la scène. Il vit ce corps sans vie avalé par la toiture d'une voiture et tout de suite, un étrange détail retenait son attention. Le bracelet bleu que portait l'homme mort ressassait au fond de lui, les souvenirs de ce soir-là car l'un des instrus arborait un bijou identique. Comme des pièces de puzzle s'assemblant, l'homme d'affaires reçut sur son téléphone un énigmatique message métaphorique en guise d'avertissement :

"Lorsqu'on dîne à la table du diable, on finit empoisonné "

Une citation froide qui le glaçait ! Il médita longuement et s'éloigna de la scène.

Des gémissements émanaient de la porte entrouverte de la chambre 205 au 7e étage, prudemment et s'avançant vers l'intérieur, Abessolo se saisit de son colt 45 et s'y introduisit. La penderie placée auprès du lit attirait son attention et d'une main reticente, il l'ouvrit découvrant Kora bâillonné de la tête au pied et recroquevillé sur ses genoux. Un tissu inséré au fond de sa gorge obstruait sa respiration.

Il le débarrassa de son bâillon et le bombardait de questions :

- Où est ton ami ? Que s'est-il passé et pourquoi tu es attaché ? Qui t'a attaché ?

- Djalakouan ! Djalakouan et Tchamako étaient ici ! Mon commissaire ce n'est pas mon ami mais mon cousin ! Quelqu'un a sonné, nous avions cru que c'était toi et lorsque mon frère a ouvert Djalakouan et Tchamako nous ont mis en joue.

- Donc tu veux me dire que les gars-là étaient ici ? Et ton frère est où ?

- Mon commissaire, ils l'ont jeté par la fenêtre ! Ils ont dit qu'ils me laissent en vie pour que je témoigne vivant leur passage.

- Mais je demande hein, qui leur a dit que vous étiez ici ? Comment ont-ils su ?

- Mon commissaire, aucune idée !

Abasourdi, Abessolo regagna le restaurant. La colère estampillée sur son visage chargeait davantage une ambiance déjà fortement morose et un dîner refroidi. Monsieur Sopo n'arrivait plus à échapper à tout ce sentiment d'irritabilité et d'anxiété qui l'envahissait. Il écourta sa présence au milieu de ses amis et regagna son domicile. Employé dans le restaurant de cet hôtel depuis des mois, Gazo avait dès le premier jour signalé les présences de Kora et Sao Tao à Djalakouan qui les surveillant de près, avait découvert le complot mis en place par Abessolo.

L'homme d'affaires témoin des bizarreries de ce dîner de mauvais goût fit part à sa fille de ses inquiétudes ; notamment cet étrange SMS reçu après la chute mortelle d'un client de l'hôtel y compris du bracelet bleu qu'il portait au poignet. Ces événements loufoques qui se succédaient les uns après les autres n'étaient peut-être pas le fruit du hasard mais une conséquence de mauvaises fréquentations ou des décisions prises par son père. C'est ce que pensait Anita, invitant celui-ci à un examen de conscience. Mais, elle s'en voulait amèrement de cette relation par laquelle la porte de tous ces malheurs s'était ouverte. Désemparée, elle culpabilisait, hésitant à contacter Djalakouan. Avait-il été engagé par les ennemis de son père ou l'avait-il fait pour son propre compte ? Téléphone entre les mains elle résistait à la tentation, celle de l'appeler et d'en avoir le cœur net, ce cœur qui continuait à battre pour lui malgré les événements, malgré les mensonges et les coups. Les yeux fixés sur son répertoire, Anita nerveuse tergiversa puis lança l'appel :

- Stephane il y a beaucoup de choses qui se passent dans ma famille actuellement et s'il y a une chose que tu me dois, c'est la vérité. C'est la raison pour laquelle je souhaite te rencontrer pour tenter d'avoir des réponses à mes questions.

- Je ne peux pas te rencontrer tu le sais bien Any. Je te dois des explications mais le moment est inopportun.

- Tu me permets de t'appeler Djalakouan comme tout le monde ? Ton ami va bien ? J'ai appris qu'il a été victime d'un accident.

- Quel ami ? Je ne sais pas de qui tu parles.

- Ben voyons Djalakouan ! Ton ami au bracelet bleu qui a fait une chute à l'hôtel. La nuit de votre visite vous étiez tous au complet comme à la discothèque d'ailleurs.

- Plusieurs semaines que tu ne me parles pas Anita et là, tu me demandes des trucs incompréhensibles ; je ne sais pas quoi te répondre. Mais écoute poupée, on en reparlera peut-être en semaine, tu veux bien ?

- Suis pas ta poupée et tu vas arrêter tes conneries maintenant ! J'ai plus envie de te voir et oublie ce que je venais de te demander !

La conversation s'était achevée en queue de poisson entraînant Anita dans les regrets d'avoir effectué cet appel improductif. Persuadée d'un rôle qu'aurait joué Djalakouan dans les difficultés que traversait sa famille, elle n'abdiqua pas dans sa quête de réponses. Tôt le matin, le soleil se levait à peine lorsque l'écho d'une voix se propageait entre les quatre murs de la somptueuse demeure réveillant la fille de Sopo Christian encore alitée. Anita le sommeil aux yeux s'engagea paresseusement dans la descente d'escalier jusqu'à la salle de séjour où un agent de sécurité tenant un colis appelait son père avec insistance. "Un colis pour papa, vous pouvez le garder quelque part en attendant qu'il soit là quand même !" s'adressa mécontentement Anita à l'endroit de l'homme qui s'apprêtait à regagner son poste. Finalement, elle récupéra le colis et le déposa sur la commode dans sa chambre mais instinctivement, elle ne le quittait pas des yeux. Ce colis dégageait quelque chose d'étrange chargeant de plus en plus sa curiosité. Anita contre sa volonté déchira le ruban adhésif, ouvrit le carton et tomba sur cette mystérieuse mallette noire qui augmentait d'un cran son intérêt. Dans la mallette, elle sombra dans la lecture… Un paquet de formats comportant des choses comprommettantes. Elle n'était pas au bout de ses surprises lorsqu'elle découvrit ces quelques mots glissés dans le colis qui avaient échappé à son attention. L'écriture familière lui rappelait étrangement quelqu'un.

"Monsieur Sopo, ici dans ce colis se trouve l'objet de vos ennuis. Il s'agit de cette mallette dérobée à votre domicile ce soir-là. Si j'étais à votre place je ne répondrai, je ne m'assiérai jamais à la même table que le commissaire Abessolo car comme le dit le dicton, qui dîne à la même table que le diable finit empoisonné. Stéphane Tchemi".

Estomaquée, Anita venait de découvrir les sales affaires dans lesquelles son père nageait au quotidien. Il était la pièce maîtresse d'un système corrompu qui s'était empiffré grâce à la prédation. Une image qu'elle n'avait jamais vue de son père apte à lui transmettre les valeurs de l'effort, du travail, du mérite et de l'intégrité morale. Une déception énorme qui finalement fit apparaître Djalakouan comme le malfrat sauveur venu à sa rescousse puisqu'il avait non seulement permis à son père de s'en tirer d'une mort certaine mais avait restitué cette mallette dont il aurait pu s'en servir contre sa famille.

LA VENGEANCE DU COMMISSAIRE ABESSOLO

À plusieurs kilomètres de Denver au 4ème étage d'un immeuble situé au quartier Village, Djalakouan et Tchamako se trouvèrent chez le célèbre Simplo un individu à la réputation sombre, escroc légendaire, trafiquant de la fausse monnaie et auteur d'une quinzaine de braquages à travers le pays. A chaque peine de prison, il retrouvait étonnamment la liberté. Ce que l'on justifiait par sa proximité avec bon nombre de personnalités influentes à savoir juges, magistrats, hommes d'affaires et autres. Les trois hommes se côtoyaient depuis quelques années c'est pour cette raison que Djalakouan était venu solliciter son aide. Ils n'allaient pas éternellement échapper au commissaire Abessolo dans ce mouchoir de poche qu'était la ville de Douala et prirent la décision de quitter le pays pour le Nigeria par voie terrestre. Seul Simplo avec son carnet d'adresses chargé pouvait leur permettre de réaliser cet ultime projet et surtout dans les brefs délais.

Gourmettes en or et montre de luxe autour du poignet, Simplo les dreadlocks recouvrant le visage tirait un joint en contemplant silencieusement les invités. En bonne compagnie, deux asphalteuses défilant le cul nu la lui mettaient bien. Il planait entre l'extase de la fumée et la délectation de leurs tétons chatouillant son visage avant de marquer une pause renvoyant les prostituées et prenant la parole :

"Je know un man qui peut go d'ici avec vous jusqu'au Nigeria plus précisément dans l'Etat de Kano, là-bas vous serez free "

Simplo avait à peine dit un mot que résonnaient des coups de feu à l'extérieur ! Une symphonie habituelle à laquelle s'étaient familiarisés les habitants du quartier souvent pris entre le marteau et l'enclume lors d'affrontements entre bandes rivaux ou lors des interventions de forces de l'ordre.

Mais, les bruits de pétards persistaient de plus en plus et l'inquiétude commençait à gagner les invités. On y entendait des gens paniqués courir dans toutes les directions. Des portières de véhicules s'ouvraient et se refermaient, une scène en boucle que connaissait très bien Djalakouan qui incrusta immédiatement sa tête dans les antivols de la fenêtre et vit tout un bataillon de gendarmes et policiers encerclant l'immeuble.

"Nous sommes coincés comme des rats !" cria Djalakouan cherchant sans répit du regard une issue ! Tchamako tétanisé bondit de son siège, saisissant son 9 millimètres dissimulé sous sa ceinture. Simplo confortablement et tranquillement assis ne bougeait pas d'un iota. La présence des policiers et gendarmes ne lui faisait ni chaud froid, peut-être parce qu'ils étaient amis. Les bruits de rangers pénétraient l'immeuble, Tchamako et Djalakouan quittaient la pièce pour la dalle au 5ème étage. Dans les escaliers, leurs pas se rapprochaient dangereusement des leurs, la confrontation semblait imminente et inévitable. Tchamako, 9 millimètres en main, voulait mourir en martyr, refusant d'imaginer un seul instant quelques secondes dans le sous-sol du commissaire Abessolo. Djalakouan moins défaitiste restait certain qu'ils atteindraient le bout du tunnel comme cette porte verte se dressant face à eux qu'ils traversèrent la refermant après eux. A 15 mètres de la terre ferme sur la dalle au 5ème étage de l'immeuble inachevé, une magnifique vue panoramique du quartier s'offrait à eux, la liberté était dans le ciel comme ces oiseaux disparaissant à l'horizon. Fallait-il sauter dans le vide au risque d'atterrir en miettes entre les mains des gendarmes et policiers qui les attendaient au pied du bâtiment ? La cervelle buggante de Djalakouan ne fonctionnait plus hormis son ouïe fine qui entendaient silencieusement des pas et chuchotements derrière la porte verte jusqu'à ce qu'une voix autoritaire leur ordonne :

"Nous savons que vous êtes là ! Ouvrez la porte et rendez-vous vite ! Si vous n'ouvrez pas c'est nous qui allons ouvrir et tant pis ! "

Au milieu des rafales de vent qui soufflaient, les deux fugitifs se regardaient longuement dans les yeux d'un air accompli ; mission terminée. C'est ici que le destin choisit comme épilogue ces circonstances cruelles pour mettre un terme à cette aventure. Djalakouan s'offrait un dernier luxe, il n'était point question qu'il disparaisse sans dire à la femme qu'il aimait combien de fois il était désolé. Anita sortait à peine de la salle de bain, les vibrations du téléphone la captaient et au bout fil plusieurs détonations qu'elle entendait terrorisée…

De puissants coups de feu avaient pulvérisé la porte, une balle ricocha contre un poteau en béton atteignant Djalakouan à la jambe gauche qui s'effondra le dos en premier sur le béton. Totalement à leur merci, c'est au ralenti qu'il vit une escouade de gendarmes calibrés lui foncer dessus, une avalanche de matraques et coups de poing s'abattaient contre lui. La dalle était humide, un peu trop humide de son dos à sa hanche.

Instinctivement, il lança un coup d'œil vers sa jambe et une mare de sang l'engloutissait. Passé à tabac, il semblait résister à l'assaut des bâtons et coups de poing, il ne pleurait pas assez ; une sorte de mépris qui exaspérait ce gendarme rangers aux pieds effectuant des sauts sur sa blessure par balle déclenchant ainsi un supplice, une affliction lancinante qui éprouvait sa capacité à résister. Tchamako, le visage ensanglanté, avait connu le même sort : ses cheveux s'embourbaient dans du sang coulant sur le crâne où il avait reçu plusieurs coups de matraque.

Menottés dans le dos, ils furent soulevés et jetés dans l'un des véhicules de la police à l'entrée de l'immeuble où une foule de badauds assistait au énième film quotidien.

L'ambiance était différente à Denver. Crispée et en colère, Anita attendait son père afin de le confronter à ses incongruités. Le contenu de la mallette avait mis en exergue le visage d'un personnage obscur qu'elle ne connaissait pas. A son arrivée, Monsieur Sopo Christian avait trouvé sa fille dans la salle de séjour tenant cet objet de valeur emporté par les braqueurs comme il l'avait déclaré aux médias. Ahuri, il essayait de comprendre comment elle était rentrée en possession de la fameuse mallette. Anita lui fit part de sa grande déception et du sentiment de honte qui l'habitait. Tout honteux et silencieux le chef de famille invita sa fille à discuter.

Au cœur des ténèbres du sous-sol du commissariat du 8è arrondissement, de grosses chaînes liant poignets et chevilles se percutaient entre elles produisant un bruit métallique à chaque pas posé par les anciens fugitifs. Croulant sous une tempête d'injures et de moqueries de policiers, Djalakouan tel un chien battu traînait après lui sa jambe trouée dans l'obscurité. Abessolo ne tardait pas à faire son entrée dans ce qu'ils avaient surnommé "Le laboratoire" :

- "Tchemi après plus de 4 ans, nous nous retrouvons enfin ! On dit souvent que l'enfant du serpent que tu négliges là c'est lui qui va t'avaler demain ; aujourd'hui je confirme ça ! j'aurai dû finir avec toi depuis l'université de Douala mais c'est rien. Aujourd'hui, je vais terminer ce que j'avais simplifié. Laisse-moi te dire que je vais te tuer et chercher la mallette après.''

Na so two tchinda dem go comot yi lâcheté for yi belly and na mop, mash am yi side by side for make yi comprendre say na only entraînement donc popoh damba no ba start. Put Djala for planter le choux with flop wata inside bucket for yi back cosh am say he dey like tortue ninja et comme si c'était un jeu them go make man shidon for floor, take that kind long machete weh kassa pipo dem di cut johnny four foot na yi head with am before nack man for yi back oh,yi foot say make he wake up jump am like tisse say na for confirmer if them don make fine work. Djala go beg am pass ma joueur dem weh them di nack salam for Algeria and na Morocco mais Abessolo di laf da so say il pleure tôt le matin comme ça alors que he dey for banc de touche he no ba enter for damba field sef quand lui-même va entrer he go do how ? Mola you no ba see something you go choquer your own pourcentage ! Na so kind king doti cosh Abessolo di trowey am.

Them don make man look like na abeille dem don chop yi eyes, mola Djala dey like that pipo dem for Japan weh them di play Sumo with ba kind eboko and na gonflement for yi skin, Anita na yi chaud gars go call death say make e came carry e,death go tell yi say e dey occupé and na pipo weh them di meng for Ukrainia donc make he dey strong. Au moment que Abessolo be want finish am and na yi, yi allô allô go shake am na mista Sopo Christian for phone them go chapta et quelques minutes plus tard le commissaire demandera l'arrêt de la torture mais demain matin ils doivent prendre la direction de la prison de New Bell.

PRISON DE NEW BELL

Il était 8h30 minutes lorsqu'un camion cellulaire rongé par la rouille et expulsant un nuage de fumée noire traversa l'insalubre marché central. À l'intérieur du véhicule vétuste, Djalakouan, Tchamako et une quinzaine d'autres individus menottés les uns aux autres, tous agrippés à un grillage métallique à partir duquel ils observaient des gens déambuler depuis l'extérieur. À une centaine de mètres un peu plus loin, se dessinait l'architecture antédiluvienne du bâtiment de la célèbre prison de New Bell à Douala.

Le portail pénitentiaire corrodé s'ouvrit, le camion entra et s'arrêta. L'air était impur, les odeurs infectes et l'atmosphère bouillante formèrent le comité d'accueil. Les détenus extraits furent conduits au parloir où le personnel administratif procédait aux enregistrements suivis de fouilles corporelles. Débarrassés de leurs vêtements, l'intimité de chaque détenu était visitée par une main fouilleuse farfouillant en profondeur le contenu de leurs entrailles. L'infirmerie, cet espace réduit et pestilentiel où s'entassaient crasse et détritus. Une infirmière qui n'en avait pas l'air se pointa, son vocabulaire approximatif braillait à tout vent accompagné d'un ton condescendant :

"Vous connaissez pourquoi on vous a envoyé ici dans l'infirmerie non ? Chacun de vous on va lui prélever son sang pour voir s'il n'a pas le SIDA ou bien une autre maladie contagieuse. Celui qui connaît qu'il a la maladie du siècle commence lui-même à me dire"

Djalakouan tirant sa jambe blessée l'interpella :

- Madame, pourriez-vous faire quelque chose pour ma jambe ? J'ai une blessure depuis hier et n'ai toujours pas reçu de soins appropriés.

- Tu as reçu une balle dans ton pied hein ? Tu as fait comment pour recevoir ça ? New Bell c'est la prison ; est ce que c'est l'hôpital ? Ici là, moi je prélève seulement le sang. Si tu as les maux de tête ou le palu, il y a le paracétamol avec l'Efferalgan «

A peine arrivée, elle s'en allait déjà présentant aux détenus "son collègue" un individu affreux au menton crépu arborant des vêtements effilochés et tenant une seringue au bout de ses ongles encrassés. Il leur mettait la pression ; docta est là disait-il la mine sérieuse…

Ébaubis, ils en rirent à gorge déployée ; une plaisanterie de mauvais goût qui finalement n'en fut pas une lorsque l'un des nouveaux arrivants se fit planter par le type. Les rires s'étaient estompés Djalakouan et son ami se lorgnaient du coin de l'oeil réalisant enfin qu'ils étaient à la prison de New Bell, confirmation faite par le détenu prélevé :

"Mola i know that bad luck pipo dem fine that man wey he don make prélèvement na ngata man asouer God. C'est un prisonnier qui n'a jamais reçu aucune formation pour ce qu'il vient de nous faire là that place na business if you get do pendant que king Barthé go gérer Ngola na you go gérer New Bell"

Les prélèvements terminés, la prochaine étape fut celle de la cellule dite de "passage" une minuscule pièce de 4/4 sordidement infestée de rats où fouinaient d'innombrables parasites au milieu d'une vingtaine de détenus agglutinés les uns sur les autres. Les odeurs nauséeuses de la pisse, le zonzonnement des mouches et la chaleur formaient un cocktail écœurant. Ils y étaient depuis quelques minutes seulement qu'une bagarre éclatait entraînant peu à peu toute la cellule dans le conflit, des bouteilles de Coca-Cola chargées de pisse flottaient dans les airs d'un angle à l'autre arrosant les bataillards. Un enfer où même le diable ne survivrait pas ! Ils se succédaient vers un judas dans le mur, se ressourcer en oxygène et reprenaient de plus belle la rixe.

La cellule de passage avait été mise en place par l'administration dans le but d'extorquer de l'argent aux nouveaux détenus. Les mauvaises conditions de détention consistaient à les éprouver psychologiquement et physiquement afin qu'ils craquent et s'acquittent des sommes allant de 10.000 à 12.000 FCFA. Ils étaient sortis de là et transférés dans les quartiers carcéraux.

Entre 1 h et 2 h du matin, un faisceau lumineux se fraya un chemin à travers les barreaux rouillés de la vieille porte balayant une partie des ténèbres régnant dans la cellule. Un gardien de prison tenant une lampe torche lâcha :

"Les bons messieurs sont à l'hôtel jusqu'à dormir tranquillement hein ? Vous dormez quoi quand la corvée caca vous attend ?"

Le maton ouvrit la porte et choisit au hasard 15 détenus parmi lesquels Djalakouan qu'il conduisit aux toilettes du pénitencier. Là, se trouvaient des fosses d'excrément. Il leur remit des seaux et autres récipients perforés ou fissurés avec lesquels ils puisaient la merde, la transportaient obligatoirement sur la tête jusque dans les caniveaux situés à l'avant et à l'arrière de la prison. Chacun y trempait son seau réveillant au passage des odeurs puantes et insupportables. Boitant, Djalakouan, le seau sur la tête pouvait ressentir des écoulements froids parcourir son visage, la matière fécale s'échappait du récipient qu'il portait.

De retour à la cellule de passage 1 heure après la corvée caca, Djalakouan parfumé aux excréments n'osait pas décrire à son ami ce qu'il avait vécu. Désargentés,ce rythme allait s'étaler sur 5 jours avant qu'ils ne soient transférés dans leurs quartiers respectifs.

Quartier 17 et 18 pour les détourneurs de fonds publics ou "prisonniers de luxe" ; ils sont pour certains ministres, directeurs d'entreprises publiques ou hauts fonctionnaires. Quartier "Régime" réservé aux criminels, quartier Mosquée pour les détenus musulmans, quartier mineurs pour les détenus mineurs, quartier 16 pour les détenus âgés, quartier base pour COSI (détenus sélectionnés par l'administration pénitentiaire pour assurer la sécurité des autres détenus) quartier pingouins dédié aux détenus ne disposant pas de moyens pour s'offrir un mandat et passant la nuit à la belle étoile dans la cour de la prison, le quartier des femmes réservé aux femmes et enfin le Texas, célèbre et plus violent des quartiers où s'entassent meurtriers, séparatistes anglophones, bandits de grands chemins et dangereux criminels. Le quartier Texas portant la réputation de foyer d'évasions et de l'épicentre des révoltes pénitentiaires était devenu la nouvelle demeure de Djalakouan et Tchamako où ils y furent conduits.

Ma joueur dem don reach for quartier Texas, grand bandit dem, n'kouh pipo dem, all kind criminal pipo dem, and na ba ninja dem na for dey them di stay! Surpopulation na wandaful even place for shidon chef cellule don conditionné say them must pay mandat d'abord avant toute conversation sinon make them go rest for quartier pingouin. Tchamako he ask am say mandat na weti? le mandat c'est quoi qu'on nous demande? Tika go répondre say mandat na mantrat wuside ngataman di nang en attendant que days di go he comot le mandat est la couchette de chaque détenu, une sorte de matelas dont les prix varient entre 150.000 FCFA et 200.000 FCFA ! If you no get mbourou know say na for ground you go cass nang for quartier pingouin donc make Djalakouan and na Tchamako apprêté 300 kolo pour eux deux, na so chef cellule be don tok them sans taper la bouche.

"How wuna di look me like i be na écran plasma nor massa ? Or wuna want me i tok fransi ? Je disais que hein ici au Texas comme dans tous les autres quartiers chaque ngata man doit décharger 150 mille pour avoir son mandat où il va cass nang. Le mandat c'est ton petit matelas sur lequel tu vas toi dormir tranquillement. Celui qui n'a pas les dos pour acheter son mandant qu'il commence seulement à apprêter son corps pour la gale parce que j'ai confiance aux chiques du quartier pingouin".

Mola dem go begin tchéké how them go make am donc meme en prison on paye pour dormir ?

This one don pass Djalakouan wey he no di ya yi head na dey chef cellule go gui fone Tchama wey he go contrôler couso Gazo tell am say Abessolo don centré dem for New Bell et entre temps e don bad for sika absence de mandat donc make he put hand for pocket help them small time Gazo go make transfer for tchermo Ali Danger réglant d'abord le mata de mandat.

Djalakouan and na yi leg wey mbéré dem don shoot am since 6 days no ba take even small no be sick man be dangwa like Kotto

108

Bass, fear say if he no lockout surtout dans cet environnement insalubre où les conditions d'hygiène sont nulles he fit lost yi leg comme un jeu. Il se rapprochera une fois de plus vers Ali Danger se renseigner sur le processus à suivre pour bénéficier des soins, Alino he says if he no get money make he enter djangui find money for pay bequilles because that pipo go cut am say les détenus malades doivent mouiller la barbe du régisseur et espérer une évacuation dans un hôpital. Djala dey onze devant onze donc stay quiet small do wey Gazo don send am e don finish for mandat les jours qui arrivent risquent être la magie.

Tika Ali Danger go call some na yi tchinda wey yi name na Motaguigna ask am say make he bring them for croisière. La croisière est une visite guidée des lieux de la prison par un nouveau détenu dont le but est de découvrir les rouages et le quotidien carcéral.

Motaguigna na ancien president for some djangui callam "Les hommes responsables de Bonadele" après des mois de cotisation joueur don comot yi own schéma nack hand for 25 Bâ hold yi foot ! Tara don put all membre dem for work mais finalement don fall for last heure, mougou dem don proposé ba arrangement à l'amiable oh try all kind reconnaissance de dette say make he signé je reconnais que…Je sousigné…J'avoue que… Se me mbap dem! Motaguigna yi sep sep don tapé sec for gendarmerie say abeg make them centré yi for New Bell ngata day weh mandat go finish he go comot he go briss yi do ! Say damba no be na précipitation damba na sense and na patience.

À la croisière Motaguigna va leur montrer différents quartiers de la prison, ba secteur for tété dem oh ba secteur for kwadjang pipo dem, couloir for antigang dem; les antigangs sont des détenus mouchards collaborant avec l'administration na nocka dem! Ils interpellent, tabassent, extorquent et enferment d'autres détenus dans des cellules disciplinaires partageant les revenus de leurs sales besognes avec le personnel de la prison.

Secteur for Amba pipo dem; les Amba ou Ambazoniens sont des personnes arrêtées dans le cadre de la guerre fratricide déchirant les Régions anglophones du Nord-Ouest et Sud-Ouest depuis 6 ans. A la genèse du conflit, des revendications pacifiques des populations minoritaires anglophones contre la marginalisation et l'assimilation du système francophone favorable à la population majoritairement francophone. Manifestations qui furent matées dans le sang par la soldatesque du régime donnant lieu à la naissance d'un mouvement armée revendiquant l'indépendance de l'Ambazonie.

Carrefour Ndokoti and na marché Nkoulouloun n'a couloir for business, market and na restaurant dem. Ces marchés dans la prison se caractérisent par des odeurs puantes. Des milliers de détenus s'adonnent à toutes sortes d'activités licites ou illicites. "Restaurant le Ragoût pouvait-on lire sur une pancarte jonchée de mouches posée sur l'une des vieilles tables transformées en comptoirs où s'exposent des seaux souillés contenant de la nourriture préparée par des détenus. Motaguigna go show them à distance papa Samy 68 ans that tika repe from Buea wey he get some big restaurant for ngata, tori say he don kill yi two women for sika ova jalousie and na kind kind accusation say elles lui étaient infidèles. Après avoir tué ses femmes, papa Samy sera condamné à la prison à vie. So depuis 20 ans wey he dey for ngata pa'a Samy no want see woman witi eyes; he says les femmes l'ont déçu préférant désormais les hommes that means say if some

110

ngata man no get weti he go chop he go go toum yi lass for papa Samy he broke am gui yi rice with granut soup.

- Ehh Motaguigna ma petit que je n'aime plenty tou a apporte moi deux viandes tôt tôt la matin comme ça ? Ehh i don die ! Mes l'enfant vous veut mange quoi ? Wuna want chop weti ? Il y a le bon sauce granut avec la riz parfum. Moi c'est papa Samy la papa des orphelins si vous n'a pas l'argent i go gui wuna chop n'joh vous comprendre ?

- Papa Samy no be na all man di chop rice with granut Soup hein massa abeg lep we we continué we road. Na Motaguigna di tok pa'a Samy so.

Ranran go continué Secteur for banga pipo dem for Nkoulouloun na higher level, one sika na two cent et lors des pénuries un bâton de cigarette atteint les kolo. Stupéfiants et autres drogues ont toujours des prix stables car ne connaissant jamais de pénurie. Le gué est à 100, la taille à 350 et le caillou à kolo. Un peu plus loin les Turques; les Turques sont les toilettes payantes 25 FCFA pour les anciens et 35 FCFA pour les bleus. " bleu" est un terme réservé à tout nouveau détenu ne maîtrisant pas encore le fonctionnement de la prison.

La capacité de chacun à survivre ici dépend de l'épaisseur de ses poches avertit Motaguigna à l'endroit des "bleus" qu'il accompagnait.

La croisière fut écourtée par le chant d'une sirène indiquant le premier repas de la journée. Il était 12h01, Djalakouan et Tchamako étaient heureux, soulagés de pouvoir enfin se nourrir peut-être correctement. Motaguigna les ramena au quartier Texas où environ 187 détenus affamés attendaient patiemment l'arrivée des marmites. Il leur donna un conseil vital pour leur survie ; ne jamais regarder de travers un codétenu ici au Texas, sous peine de l'intervention d'une lame ou d'un poignard. On obtient toujours ce résultat même après 1000 équations leur dit-il. Dans la population de ce quartier, on y retrouvait des tuberculeux et sidéens qui en avaient fait de leur maladie leur principale source de revenu. Ils vendaient leurs crachats ou quelques gouttelettes de leur sang à certains détenus en froid avec d'autres qui n'hésitaient pas à empoisonner leurs ennemis.

Des cris et joie précédaient l'entrée de deux grandes marmites en aluminium portées par deux détenus. Au fond de la cellule depuis son mandat, on pouvait apercevoir un amputé sautiller sur sa dernière jambre entonnant un étrange chant :

"Si tu n'as pas les dents, si tu n'as pas les dents, laisse notre riz sûr, nous sommes dedans le voyage c'est le voyage tu rêvais de l'Amérique te voici au Texas"

Paroles aussitôt reprises par l'ensemble des détenus formant deux longs rangs devant les marmites où chacun encaissait sa ration puis retournait vers son mandat. Au tour de Tchamako et son compère de recevoir du riz noir pâteux trempé dans une sauce du même aspect. Il n'y avait point de place aux caprices ! Affamé, Djalakouan s'empiffrait d'une poignée mais son visage froissé et sa bouche fermée étaient le signe d'une déplaisance. La bouffe était un mixte de riz et de petites pierres ! Ses mandibules s'étaient presque affaissées ! Mais malheureusement sa survie dépendait du contenu de ce bol qu'il tenait entre les mains.

"Si tu n'as pas les dents, si tu n'as pas les dents, laisse notre riz sûr nous sommes dedans le voyage c'est le voyage tu rêvais de l'Amérique te voici au Texas"

Reprit ironiquement Motaguigna à l'endroit de Djalakouan tout en ajoutant :

"On appelle le riz là que le riz caillou et la sauce là, la sauce kamboul. C'est parce que vous êtes encore les bleus ; tu n'as pas vu comment les autres après avoir pris leur nourriture sont directement allés à Ndokoti pour acheter le cube ? Le repas de la prison, il n'y a pas le sel dedans donc quand tu prends ta nourriture va directement acheter le cube et les oignons à Ndokoti ou Nkoulouloun sinon avale seulement comme la nivaquine "

Éreintés, ils rejoignirent leurs mandats sombrant dans un sommeil qui ne dura que le temps d'un coît, réveillés en sursaut par le boucan de fracas d'objets métalliques. Une bagarre générale avait éclaté entraînant le quartier Texas dans une rixe sanglante. Des brosses à dents équipées de lames de rasoir ou aiguisées sur les murs poignardaient, déchiraient des détenus couverts de sang. Au milieu du capharnaüm Ali Danger en difficulté face à deux adversaires déterminés à lui régler son compte, une image qui incita Djalakouan et Tchamako à lui porter secours, réussissant à repousser ses agresseurs. Ensanglanté et titubant, Ali parvint à se relever. La scène de chaos disparaissait sous une épaisse couche de fumée blanche, il pleuvait en abondance des grenades lacrymogènes transformant le quartier texas en une scène de manifestation de l'opposition camerounaise, des échos de bottes envahissaient les lieux, des échos que connaissaient par coeur Tchamako et son ami. Soudainement, émergeaient de la fumée des dizaines de matraques laissant à leur passage un concert de bastonnade dont des crânes ouverts et des grincements de dents.

Les détenus à l'origine des troubles furent confiés aux COTI dans les cellules disciplinaires où une deuxième mi-temps de fouet les y attendait. Reconnaissant, Ali Danger félicita les deux bleus et décida d'en faire ses proches lieutenants. Accompagné de Djalakouan, il se rendit chez Nadège, infirmière personnelle du prisonnier de luxe Ngatchou Raymond, ancien directeur adjoint de la SCDP (Société camerounaise des dépôts pétroliers) condamné à 48 ans de prison pour son rôle dans des malversations financières chiffrées à plusieurs milliards de FCFA. Monsieur Ngatchou et Ali danger se connaissaient depuis des années avant la prison car ce dernier fut respectivement gardien de sécurité de son somptueux chalet situé à Bonapriso, puis son garde du corps avant de devenir plus tard son homme à tout faire. Une ascension spectaculaire qui témoignait de la confiance que lui portait son patron. Après l'arrestation de l'ancien directeur adjoint de la SCDP, son bras droit Ali danger avait été interpellé à Ekok, village situé dans le sud-ouest du pays et frontalier avec le Nigeria. Il s'était travesti arborant un Kaba Ngondo, une robe en tissu ample recouvrant tout le corps ; portée par les femmes sawa. Des liasses en devises étrangères pour un peu plus de 1. 800.000$ furent retrouvées dans des sacs d'engrais qu'il transportait dans un pousse-pousse.

Nadège s'occupa de Djalakouan; sa plaie infectée menaçait l'intégrité de sa jambe "Tu as beaucoup de chance sinon les jours suivants tu n'aurais eu qu'une seule jambe" lui dit-elle d'une voix effacée s'occupant de lui avec gentillesse et humanité. Une humanité qu'il n'avait plus vue depuis belle lurette. Les soins terminés, ils prirent le chemin de retour et marquèrent un arrêt au quartier 18.

Téléphones, écrans LCD, WI-FI, climatisation, réfrigérateurs, meubles en cuir et majordomes ; le quartier des prisonniers de luxe était fidèle à sa réputation. Un mini hôtel 4 étoiles au milieu du pandémonium. Djalakouan abasourdi contemplait ces anciens ministres et directeurs généraux opulents sur leur 31 dans cet endroit de la prison où les odeurs de ragoût de poulet DG se répandaient. Il n'aura pas le temps de se passer la langue sur les babines qu'un homme bedonnant frappé d'une large calvitie et vêtu d'un boubou cousu de fil d'or s'approcha et prit Ali Danger dans ses bras échangeant quelques formules de politesse. Ils se tinrent par la main, firent quelques vannes avant d'en rirent aux éclats. C'était Monsieur Ngatchou Raymond, "le Boss" comme le surnommaient tous ceux qui croisaient son chemin. Ali lui présenta Djalakouan ne se gardant point de lui raconter l'acte de bravoure dont il fit preuve à l'endroit de sa personne. Impressionné, le Boss lui serra la main et les invita à sa table garnie de mets de poulet DG, bars braisés, côtelettes de porc fumées, frites de plantains mûrs, bâtons de manioc, le tout orné par de 2 bouteilles de Petrus, millésimes 2001 et 1983 soit 1700 et 1200 €. Passer du riz cailloux sauce Kamboul au poulet DG, un rêve noir sur blanc desormais en clair ! Il mangea avec beaucoup d'appétit, la succulence des plats et l'exquise harmonie des différents goûts le ressuscitèrent de son affliction carcérale. Monsieur Ngatchou passa un coup de fil et la seconde d'après un gardien de prison arriva en vitesse répondant :

- Oui Boss vous m'avez appelé ?

- Tu vois ce garçon à table ? Il sera désormais à mon service et je compte sur toi pour lui faciliter les choses. Vous aurez l'occasion de faire connaissance plus tard.

- D'accord Boss c'est compris je suis à votre disposition Boss.

Après ce somptueux dîner, Ali Danger et son nouveau collègue regagnèrent le quartier Texas. Djalakouan, heureux de retrouver son ami lui raconta en détails sa rencontre avec le Boss, les cellules cossues, la nourriture excellente sans oublier le statut qu'il bénéficiait désormais auprès de lui. Ils en discutèrent longuement décidés à saisir l'opportunité pour se remettre sur les rails.

Un mois plus tard…

Djalakouan effectuait des emplettes pour le Boss au quartier 17 lorsqu'il reçut l'appel de Motaguigna lui signalant la présence d'un gardien au quartier Texas voulant lui parler. Il s'y rendit à l'immédiat et trouva ce dernier qui lui annonça la visite d'un membre de sa famille. Étonné, Djalakouan lui fit part d'une possible erreur. Mais non ! insista le geôlier lui rappelant qu'il n'existait qu'un seul Tchemi Stéphane sur les 8459 détenus que comptait la prison. Il lui passa de lourdes chaînes rouillées autour des poignets et l'accompagna dans une salle réservée à certains détenus privilégiés.

Djalakouan y était depuis quelques minutes, la salle était vide à part l'écho de sa voix dans les murs rien ne semblait indiquer la présence de quelqu'un. Furieux, il appelait le geôlier resté à l'entrée de la porte :

"Mon frère je t'ai dit que ce n'était pas moi ramène-moi où tu m'as pris ! "

Mais un sentiment de doute s'emparait de lui car un parfum qui lui était familier se répandait dans les airs, remuant et exhumant des souvenirs enfouis au fond de lui ; inexplicablement une silhouette féminine traversa le seuil de la porte et se tint près de lui. Ses yeux brillaient de mille feux sous ses longs cheveux noirs tel un fleuve sorti de son lit…

Djalakouan côtoya la démence pendant une poignée de secondes, inconvaincu de ce que ses yeux virent, incrédule, il murmura à lui-même

"Thomas a cru quand il a vu, moi je croirai quand je toucherai"

Anita ne le quittant pas du regard se rapprocha de lui et posa ses deux mains sur les chaînes qui le liaient, Djalakouan qui avait un mois plus tôt résisté à la douleur du sous-sol du commissariat du 8ème n'avait en ce moment précis aucune force dans son âme pour résister aux larmes coulant de ses yeux. Anita le réconfortait dans ses bras tandis qu'il ne cessait d'implorer son pardon. Les mains condamnées, il ne pouvait malheureusement ni caresser son resplendissant minois ni les passer dans ses cheveux comme il aimait tant le faire.

- Papa m'a demandé de te dire merci pour ce que tu as fait pour lui et ajoute également qu'il s'occupera de tes avocats. Lorsque tu as été arrêté, il savait très bien que son ami commissaire chercherait à te réduire au silence afin de fermer d'éventuelles pistes qui remonteraient jusqu'à lui raison pour laquelle papa l'avait mis en garde s'il t'arrivait quelque chose. Il avait donc été obligé de te faire transférer ici.

- Tu diras à ton père que je suis désolé et à toi également poupée, je regrette amèrement. Je suis heureux de te voir tu es toujours aussi magnifique.

Anita prit les mains de Djalakouan qu'elle posa sur son ventre, celui-ci le caressait du bout de ses doigts mais ne comprenait pas le message qu'elle essayait de lui transmettre.

- Dis bonjour à ta progéniture, Steph.

- Un jour, on en aura certainement une quand je serais hors d'ici, ça sera le plus beau jour de ma vie.

- Un jour c'est loin Steph, elle est là ta progéniture…Je suis enceinte.

- Comment ça tu es enceinte ? tu es sérieuse ?

- Oui 1 mois déjà… J'ai besoin de toi pour élever notre enfant, ta place n'est pas ici tu me comprends ?

Djalakouan n'avait pas eu le temps de lui répondre que le geôlier fit irruption dans la salle mettant fin à la rencontre, une séparation déchirante qui l'affligea. Dans une dernière tentative désespérée, il échoua lamentablement à lui voler un baiser se heurtant à une opposition farouche du geôlier qui l'accompagna manu militari dans le quartier Texas. Heureux d'être futur père, il annonça la nouvelle à ses codétenus avec enthousiasme. Ceux-ci l'en félicitèrent longuement.

Un samedi matin, le ciel fut d'un bleu moutonné, des hirondelles survolaient la cour de la prison où près d'un millier de détenus prenaient part aux festivités culturelles carcérales ; concours de chant, danse et match de foot étaient à l'ordre du jour. Lunettes de soleil et short de bain, Monsieur Ngatchou Raymond le Boss était identifiable à plusieurs mètres par le reflet du soleil qui apparaissait sur sa calvitie luisante. Ali Danger, Djalakouan, Motaguigna et Tchamako le rejoignirent et puis démarra un conclave à huis-clos. Contrarié, le Boss faisait face à un dilemme ; le système qu'il avait servi pendant des décennies essayait de le broyer par des cabales judiciaires et politiques. Son avocat lui avait annoncé ce matin-là, le blocage de ses comptes bancaires et la saisie de son chalet à Bonapriso. Des rumeurs en circulation au sein du parti au pouvoir RDPC (Rassemblement démocratique du peuple camerounais) dans lequel il militait avant son arrestation lui prêtaient un certain rapprochement avec un opposant farouche au pouvoir qu'il aurait soutenu face à ses anciens camarades du parti lors des échéances électorales dans son village.

Des soupçons assez suffisants pour déclencher une vendetta contre sa personne. Désargenté, le Boss n'avait d'autre choix que d'évoquer le village Ekok où Ali Danger avait été capturé dans sa fuite en possession de sacs remplis de billets alors qu'il tentait de rejoindre le Nigeria. Aucune information n'avait cependant filtré concernant une partie de l'argent enterré dans une plantation d'hévéa à environ 500 mètres du lieu de son interpellation soit un peu plus de 1.250.000$ répartis dans 3 sacs tenant compagnie à la nature depuis lors. Financièrement paralysé le Boss était déterminé à récupérer cet argent fruit des détournements publics, les mesures de sécurité draconiennes de la prison rendaient l'idée d'une quelconque évasion démentielle. Ils avaient beau cogiter mais se heurtaient sans cesse à la muraille barbelée de la prison.

Peu de temps après cet épisode Djalakouan s'était rendu chez Nadège effectuer son pansement quotidien et avait dû attendre pendant plusieurs minutes dans son bureau. Il fut surpris par une voix masculine chargée de tristesse émanant du bureau voisin, au téléphone se lamentait durement le régisseur tourmenté par la maladie de son épouse. Djalakouan curieux se rapprocha de la porte pour mieux l'épier.

" Wehh je suis à bout ! Voilà ma mère que j'ai enterrée ça ne fait même pas une semaine après avoir dépensé l'équivalent d'un an de salaire pour sa maladie ! C'est autour de ma femme à qui on a diagnostiqué le cancer du sein. J'ai besoin d'un prêt chef."

De retour au quartier Texas Djalakouan s'empressa de raconter à ses codétenus les déboires malheureux du régisseur frappé successivement par la mort de sa mère et le cancer de sa femme un non-évènement selon Ali Danger pour qui les malheurs d'un geolier faisait la joie d'un prisonnier.

CHAPTA FOUR

4

MBOUT NA SICK

IV

Ce soir-là, les étoiles brillaient de plus en plus lorsque le ciel s'obscurcissait au-dessus de la prison. Il était 21h, moment quotidien auquel le couvre-feu cadenassait les détenus dans leurs quartiers respectifs. Des gardiens armés firent des rondes dans la cour tandis que postés depuis les miradors surplombant la surface aérienne de l'établissement, d'autres, équipés de jumelles observaient dans la loupe. 4 h plus tard, la quasi-totalité des détenus s'étaient profondément endormis. Tout était calme, un peu trop calme jusqu'à ce que s'enchaînent des toussotements aux quatre coins du quartier Texas où de la fumée noire se répandait progressivement. Le climat changea d'un coup puis apparut une étrange chaleur qui réveilla les détenus apeurés provoquant une panique contagieuse. "Ô feu ! Ô feu ! Ô feu ! " criaient-ils face aux flammes ardentes ravageant simultanément plusieurs cellules. A l'instar de la vitesse du brasier, la nouvelle de l'incendie se propagea dans le reste de la prison transformant celle-ci en un capharnaüm chaotique. Au cœur de l'anarchie, Motaguigna, Tchamako, Ali Danger et Djalakouan courant sur la toiture, fonçaient à l'assaut des fils barbelés. Les mains déchiquetées, ils parvinrent à enjamber la clôture atterrissant plusieurs mètres plus bas les pieds dans les caniveaux contenant une rivière d'excréments ! "Il est toujours mieux d'avoir les pieds dans la merde en liberté que de les avoir dans un sauna en prison" déclara Motaguigna les jambes noyées dans les cacas.

Ils venaient de franchir la clôture de la prison de New Bell, un succès inimaginable et impossible quelques jours plus tôt encore. Les quatre évadés cachés sous la table d'un kiosque à journaux situé en face de la mairie de Douala 2ème virent ce vehicule stationné dans le noir émettre des jeux de phares. Gazo en avait mis du temps mais était bel et bien au volant de cette Jeep venu chercher ses amis.

Une euphorie s'empara des hommes avant d'être interrompue par un SMS reçu par Ali Danger :

"Vous avez moins de 4h pour être hors de la ville"

Message du régisseur de la prison, Obiono William par qui cette évasion n'aurait jamais existé. Le cancer de sa femme et ses problèmes financiers étaient une opportunité à leur projet d'évasion c'est ce que pensait Djalakouan qui en discuta longuement avec le Boss avant que ce dernier lui parle du village Ekok et des 23% qui lui seront acquis s'il retardait l'intervention de ses hommes lors de l'évasion. Le régisseur validait ses propositions lui exigeant 4 millions de FCFA avant l'exécution du plan d'évasion.

Alors que le véhicule s'éloignait de New Bell, Djalakouan émettait le désir de se rendre à Denver juste quelques secondes le temps de voir Anita, une idée saugrenue qui risquait de compromettre à la fois leur cavale et la mission d'Ekok d'après Motaguigna et Ali Danger, opposés à une telle décision mais après moultes échanges les trois autres les convainquaient de la nécessité pour leur ami de prendre la mère de sa progéniture dans ses bras. Le véhicule se faufila à travers plusieurs ruelles des quartiers Nkoulouloun, Akwa, Deido, Akwa Nord avant de s'arrêter près de la station-service Tradex. Djalakouan engagea un marathon et observa un arrêt à une centaine de mètres de la somptueuse résidence blanche s'illuminant de ses nombreuses lampes luxueuses. Caché dans un coin où il ne pouvait être repéré, il essayait de la joindre depuis des minutes par les messages qu'il envoyait sans aucun retour se posant d'innombrables questions ; serait-elle endormie ? Est-elle occupée ? Ou n'a-t-elle pas à sa disposition son téléphone ? se demandait désespérément le fugitif lorsque soudainement de loin,la fenêtre de la chambre située à l'étage supérieur s'éclaira laissant apparaître une silhouette. Cette silhouette que Djalakouan reconnaissait à distance…

Il insistait à nouveau avec ses messages :

« Poupée toujours fermer ta fenêtre chaque soir avant d'aller au lit »

Anita se brossait les cheveux devant sa coiffeuse lorsque ces interminables notifications embêtantes retenaient son attention ; tous ces messages intrigants qu'elle avait reçus l'inquiétaient en l'occurrence celui faisant allusion à sa fenêtre. Un guetteur, voire un malfrat, l'observait-elle dans la rue ?

Elle appela le mystérieux numéro et au bout du fil cette voix improbable qu'elle reconnut ralluma la flamme jadis en berne. Anita, ne se posait plus aucune question dans une course qu'elle amorça, dévalant les escaliers à toutes jambes. Les agents de sécurité lui ouvrirent l'imposant portail et comme dans un rêve ; il se tint là, devant elle sous ses yeux. Anita se jeta à son cou l'agrippa de toutes ses forces, de toute son âme, de tout son être, ils s'échangèrent baisers après baisers. Djalakouan à genoux embrassait son ventre ; ce ventre qui portait sa semence, ce ventre le fruit d'un amour éternel auquel il avait juré fidélité. Anita comblée de bonheur l'invita à la maison mais d'un air triste et d'un geste de la tête il répondit par la négation promettant de revenir très bientôt.

- Cela aurait été une immense joie de vous tenir compagnie ; toi et notre enfant mais poupée je ne peux malheureusement pas.

- Stéphane jusqu'où et quand continueras-tu à me torturer ? Tu es libre pourquoi ne pas rester avec moi ce soir ?

- Je ne sais pas si en France on libère les prisonniers à 2h30 du matin mais pas ici en tout cas et crois moi poupée, la prochaine fois je te promets de ne plus jamais te quitter.

- C'est quand la prochaine fois ? Les vacances c'est bientôt terminé Stéphane. Je suis en vacances t'as oublié?

- Où que tu sois je viendrai à toi poupée.

Le téléphone de Djalakouan sonnaillait continuellement, ses amis s'impatientaient ; il était temps qu'il s'en aille, il ne pouvait rester une minute de plus. Alors, il la prit une dernière fois dans ses bras, lui récitant à l'oreille un poème qu'il lui avait préparé lors de son séjour en prison. Le cœur éprouvé, Anita sombra dans un ruisseau de larmes le regardant s'éloigner dans les profondeurs de la nuit jusqu'à sa disparition.

2h 45 minutes, il rejoignait ses amis, l'automobile démarra en vitesse pour Ekok à 330 kilomètres loin de la capitale économique. Ils traversèrent plusieurs localités de la région du Sud-Ouest et furent témoins des affres de la guerre civile qui dure depuis six ans ; maisons incendiées par des soldats de l'armée accusant les populations de connivence avec les ambazoniens et exécutions sommaires. L'état avait disparu de certaines zones comme ces checkpoints à Muyuka transformés en péages et contrôlés par les séparatistes où Djalakouan et ses amis avaient dû s'acquitter de la "liberation taxe", taxe de libération ou taxe de guerre qui permettait aux insurgés de financer leur lutte armée.

Ekona, Muyuka, Kumba konye, Eyumojock et enfin Ekok, il était 8h43 minutes.

La verdure, la nature, les places grouillantes de monde, une carte postale splendide qui enchanterait tout visiteur. Les travaux champêtres et l'agriculture étaient les principales activités de cette localité peuplée d'environ 1000 âmes. La guerre semblait avoir épargné ce petit coin paradisiaque pour le plus grand bonheur des fugitifs profitant de cette belle liberté en couleur loin de l'enfer du quartier Texas. Ne comptant pas reproduire les mêmes erreurs que la fois précédente, ils avaient décidé de rester discrets en attendant la tombée de la nuit pour se rendre à la plantation d'hévéa car une initiative en pleine journée signerait l'échec de leur mission et un retour pour la prison de New Bell, scénario auquel personne n'était prêt à songer. C'est au "ONE MAN SHOW", petit Bar du coin qu'ils rencontraient Mista Muthaga une connaissance à Ali Danger ; l'homme disposait d'une pirogue à moteur et insistait sur la somme de 2.000.000 FCFA pour les faire traverser cross river, cette rivière séparant Ekok au Cameroun et Mfum au Nigeria.

La nuit tombée marquait la chasse au magot, ils y allèrent empruntant sentiers épineux et broussailleux à travers des champs de cacao et café. Le clair de lune illuminait le paysage nocturne et les chemins menant aux sacs des billets ; un coup de pouce du ciel dont ils en avaient besoin. Ali Danger, la mémoire fraîche, se souvenait de chaque herbe, chaque arbre et chaque feuille ornant le chemin qu'il avait emprunté quelques années auparavant. Un gros tronc d'arbre sec isolé au milieu de la plantation sonna le glas, il en était persuadé :

"Creusons ! Creusons les sacs sont juste ici !"

Équipés d'outils de fortune trouvés à bord de la Jeep, ils se mirent à creuser, creuser, creuser sans relâche mais après des minutes, rien ! Ali Danger comme possédé aboyait :

"Il faut creuser, je vous dis que c'est ici que j'avais enterré les sacs ! Creusez ! Creusez !"

A plus d'un mètre de profondeur, la barre métallique de Tchamako rebondissait contre un curieux objet inidentifiable suscitant la curiosité des autres. Rapprochant la torche du téléphone plus près du mystérieux objet, Ali Danger reconnaissait le tissu marron du sac embourbé dans lequel se reposait l'argent. Alors, ils continuèrent de creuser jusqu'à l'apparition complète des trois sacs. Au milieu de cette végétation, ils ne pouvaient retenir la liesse intense qui les débordait. Des liasses de dollars magnifiquement bien conservées dans des plastiques blancs il y en avait partout, il y en avait pour 1.250.000 $!

Ils s'embrassaient, se serraient dans les bras, se congratulaient les uns les autres mais tout n'était pas encore joué car la dernière étape était le Nigeria où 600.000$ parviendraient au boss et 287.500 $ au régisseur.

Ali Danger, le sourire aux lèvres reclassait les liasses dans le sac quand tout à coup quatre détonations simultanés émanant des feuillage de plantes retentirent, des coups de feu invisibles tirées en provenance de la nuit les entourant. Touché en plein dans la tête Ali Danger s'écroula les billets ensanglantés entre les mains ! Agonisant, une mare de sang s'échappait de son corps s'infiltrant dans le sol argileux près de lui. Motaguigna à plat ventre, se tordait de douleurs poussant des cris de détresse telle une bête prise dans un traquenard. Djalakouan y avait échappé de justesse et vit Motaguigna une partie de son visage sanguinolent arraché jusqu'à la mâchoire. La violence de l'impact de la balle indiquait la nature du calibre. Djalakouan s'enfonçant sous les herbes ne pouvait pas lui porter secours au risque de s'exposer car les coups de feu s'étaient intensifiés.

Tchamako et Gazo sains et saufs trouvèrent refuge sous la végétation écoutant la respiration agonisante de Motaguigna et le hululement des hiboux perchés sur les arbres.

Les coups de feu s'étaient estompés, le temps s'écoulait mais les auteurs de tirs ne se montraient toujours pas. Depuis son refuge, couché sur un sac de billets, Djalakouan entendait des bruits suspects se rapprochant de la scène où gisaient les cadavres de Ali Danger et Motaguigna. Il pouvait apercevoir par l'interstice des herbes, des bottes noires, un mégot de cigare jeté à moins d'un mètre de lui et des voix distinctes de Ngando, Kora, Simplo et du commissaire Abessolo Yves Marie. Djalakouan revivait le fil de leur arrestation et l'attitude de Simplo, les pieds croisés alors que la police et la gendarmerie les encerclaient…Mais une conversation téléphonique de Abessolo lui fera tomber des nues.

Oui Monsieur Obiono, j'essaie de te joindre depuis là tu dors déjà ? Nous avons pu les suivre depuis hier soir grâce aux informations que tu m'as fournies. Mais il n'y a pas d'argent ! Apparemment le gars a oublié l'endroit où il avait enterré l'argent ; lorsqu'ils nous ont repérés, ils ont ouvert le feu, mes gars et moi étions obligés de riposter malheureusement touchant mortellement deux d'entre eux. Il est 23H15 ici je crois arriver à Douala demain avant 10 h."

Ils s'emparaient des deux sacs de billets y compris des liasses ensanglantées que tenait le cadavre d'Ali Danger et s'en allaient.

Le regisseur Obiono William, ami de longue date du commissaire Abessolo Yves Marie l'avait mis sur le coup espérant que l'argent leur revienne mais malheureusement se fit doubler à son tour par ce dernier. Quant au 3ème sac, il était resté avec Djalakouan qui ce soir-là en compagnie de Tchamako et Gazo se dirigeaient vers One Man Show bar où Mista Muthaga les y attendait pour la traversée.

Que deviendra Anita enceinte de 2 mois dont les études semblent compromises cette année ? Retournera-t-elle en France reprendre sa vie ou restera-t-elle au Cameroun à attendre celui qu'elle aime ? Impliqué dans les détournements des fonds liés à la gestion du covid-19 son père Sopo Christian rejoindra-t-il le quartier 18 à la prison de New Bell ? Et le commissaire Abessolo Yves Marie sera-t-il promu au sein de la police camerounaise ? Ou payera-t-il pour les crimes commis lors de ses fonctions ? Réponses dans *Damba na sense 2* à paraître très prochainement.

LEXIQUE PIDGIN

1- Kwata = Quartier

2- Dem = Sorte de pronom qui indique le pluriel. Exemple : pipo dem (les personnes, les gens), big katika dem (les grands patrons)

3- Mazembe = Voyou, petit bandit, petit agresseur.

4- Choua = Voler, prendre

5- Tangente = Prendre la fuite

6- kind kind ou kankan = Tout genre, toute sorte

7- For sika = À cause de

8- Mberet ou Béré = Le gendarme. Pluriel (mberet dem)

9- Pamla = Ahuri, hébéter

10- Mola = Mon ami, mon pote

11- Yi sep sep = Lui- même

12- Tchéké = réfléchir, penser

13- Pambi = Cachette, coin, lieu sûr

14- Sicilien = Faire quelque en totale discrétion, à l'abri des regards.

15- Ma joueur = Mon ami. Utilisé le plus souvent entre personnes intimement liées.

16- Lassa = Qui n'a aucune valeur.Ex : Lassa man (homme sans valeur)

17- Schéma = Stratagème, idée, action dont le but est de tromper, arnaquer, escroquer.

18- Meng = Mourir, tuer

19- Make lecture de jeu = Être opportuniste, analyser chaque situation qui présente un certain intérêt pour tirer son épingle du jeu.

20- Reach am = Arriver

21- Fap cent = 500

22- Kobo = Pièce de monnaie Nigériane. Even kobo i no get am (je n'ai même pas 1 kobo sous- entendu je n'ai pas d'argent)

23- Brass ou Brass Brass = Gronder, crier avec colère.

24- Side by side = Qui vient de partout, de tous les coins.

25- Wahala = Problèmes, ennuies.

26- Rythmer = faire marcher quelqu'un, donner des faux espoirs, avoir le verbe mielleux destiné à leurrer.

26- Boumla = Mettre un coup de pression verbalement ou physiquement violent.

27- Kémé ou Kemé = Ingrédients, du matériel.

28- Bolo = Du travail, un job.

29- Jakass work = Travail de merde, boulot destiné à exploiter autrui.

30- Clé 14 = Technique d'étranglement qui s'effectue par une prise au niveau cou.

31- Polo free = Lieu tranquille et sûr, maison ou domicile où l'hospitalité est agréable.

22- Damba go play : Il va y avoir match (ici il s'agit d'une promesse de riposte suite à un événement)

23- Mbout man = Débile, sot, con, idiot.

24- Teko = Arme à feu.

25- Billet de ten ten = Grosses coupures de 10.000 fcfa

26- Pikine = Enfant, bébé

27- Flop = Beaucoup, nombreux

28- Faux feeling = Quelque chose de louche, qui cloche

29- Nack = Frapper, tabasser quelqu'un ou quelque chose.

30- Cosh = Insulter, provoquer par des mots injurieux.

31- Tied yi = L'attacher

32- Inta ou enter = Entrer

33- But don Inta = Le but est entré (sous- entend que le plan a marché.

34- Chabam = Partager équitablement.

35- Laf sotey = Rire Longuement

36- Rata do = S'emparer d'une somme d'argent.

37- 19 Bâ ou 19 bâtons = 19 millions

38- Nènè = Lunettes

39- Tapis = Véhicule de luxe

40- Dangwa = marcher

41- Sokoto = Beaucoup, nombreux Synonyme de Flop, plenty.

42- Briss = Le bien être, jouir d'une de la vie ou de ses plaisirs.

43- Big Katika = Grand Patron, Boss.

44- Nayor = Doucement

35- Nang = Dormir

36- Shidon = S'asseoir

37- Fap- Fap = Jeux de cartes

38- Wata ou Water = Eau

39- Macho = Maman, mère

40- Pacho = Papa, père

41- Tatamis = Tableau où se déroule un jeu de hasard.

42- Kassora = Bastonnade, Tabassage

43- Ndolo = Amour

44- Faya ou fire = Feu

45- Le chap = Très tôt le matin

46- Jong = La boisson, l'alcool, boire

47- Tchinda = Sous- fifre, Subalterne, lèche- cul

48- Johnny waka = whisky Johnnie walker

49- Fala = Chercher

50- Tchous yi = Pardonne lui

51- Bougna = Voiture

52- Angoisé = flatter, complimenter

54- N'djeum = Gros

54- Granut = Arachides, munitions (white granut, balle blanche)

55- Mata ou matta = Ennuies

56- Mimbo = Boisson

57- Perika = Petit frère

58- Cika ou Sika = Cigarette

59- Motor = Voiture

60- Long Grammar = gromologie inutile

61- Mou = être dépassé, étonné (I di mou)

62- Tanap = Rester debout, rester sur place

63- Lever le coude = Boire l'alcool en compagnie d'amis

64- Sense = Intelligence, Sagesse, jouer au malin

65- Échouantion = échec

66- Johnny four foot = La chèvre

67- Dagobert = Appareil genital masculin

68- N'kouh pipo = Trafiquant de stupéfiant,dealer

69- N'gass = La prison

70- Doul = Douala

71- N'tongman = Personne chanceuse

72- Mata ou Matter = Problèmes, ennuies

75- Chabam = Partager à part égale

76- N'guess ou Guess = Bijoux

77- Shidon = s'asseoir

78- Sat ou Sit = s'asseoir, siège

79- Knock = humilier quelqu'un, balancer quelquun, faire échouer ses projets

80- Mauvaise tangente = Fuir sans se poser de question,aller le plus loin possible

81- En latéral = Discrètement

82- Tété = Personne riche

83- Enter ou inta = Entrer

84- Saha = Homme de race blanche

85- Mimba = Faire semblant, Prétendre

86- Mbourou ou Buru = L'argent

87- Morrow = Demain

88- Bounia ou Bougna = Voiture

89- Tchous me = Excuse moi

90- Make = Il faut que

91- Make = Faire

92- Essingage = Traîtrise, exposer autrui

93- N'tcham = Bagarre

94- Tendre la chenille = Quitter les lieux, Partir

95- Casse tête = Tellement, pêle mêle

96- You go go = Tu iras, tu iras

97- Fala = Chercher

98- Bâton ou Bâ = Million

99- Clé 14 = Technique d'étranglement par une prise arrière

100- Chapta = Chapitre, histoire à raconter, nouvelles.

101- Djesnow ou just now = Maintenant, tout de suite

REMERCIEMENTS

Je remercie Arol Ketch, Yerima Badiane Mame, Olivier Bibou Nissack, William Tchatchoua, Tah Tamo, Le Warman du terre, Patience Omgba et Jordane Anissa.

Imprimé en France
Les Éditions du MUNTU, septembre 2021
ISBN 978-2-492170-11-9

Printed in Poland
by Amazon Fulfillment
Poland Sp. z o.o., Wrocław

89997346R00081